Ciò che serve è dentro di te

di

Enrico Buongiovanni

INDICE

"Ho visto i tuoi occhi riservare sguardi di perdono, amore o comprensione verso chiunque, tranne che per te.

Giudice crudele della tua anima, impara che nella vita nessuno è perfetto, impara che le persone sbagliano, che l'unica scelta possibile è andare avanti.

Sii meno severo, concediti la possibilità di sbagliare e soprattutto ricorda, hai sempre tempo per voltare pagina."

Enrico Buongiovanni

1 – Lettera a chi si è arreso

"Non arrenderti mai, rischieresti di farlo un'ora prima del miracolo"

Proverbio arabo

Prima di iniziare, ho pensato di scrivere una lettera per tutti coloro che nella vita hanno deciso di gettare la spugna, che si sentono in difetto, per tutti coloro che in un determinato momento della propria vita hanno creduto di non meritare la felicità.

L'aforisma che ho scelto, è un proverbio arabo, che a mio avviso rappresenta perfettamente il perché, nella vita, non bisogna mai arrendersi e perdere la speranza.

Nella vita la sconfitta è sempre una condizione temporanea, solo arrendersi la rende duratura, ed è proprio per questo che per quante cose possiamo avere contro, per quante cose possano andarci male, non dobbiamo mai gettare la spugna, ma continuare a testa alta, a perseguire i nostri obbiettivi, in fin dei conti, più difficile sarà la scalata, più piacevole e soddisfacente sarà la nostra conquista.

Anch'io in alcune fasi della mia vita mi sono trovato alla deriva, come perso e intontito dal mondo circostante, in quei momenti la voglia di lasciar perdere tutto, di mollare e arrendermi una volta per tutte, era veramente alta, ma poi ripensando a tutta la strada fatta, a tutte le cose avvenute nel bene e nel male, capivo ogni giorno di più che ad arrendermi avrei semplicemente tradito me stesso.

Così ogni volta stringevo i denti, mi buttavo gli errori alle spalle e iniziavo da zero, prendendo in consegna quanto avevo fatto di buono fino a quel momento, gettando così le basi per ogni nuovo capitolo della mia vita.

Ed ecco perché adesso scrivo questa lettera a te, a te che probabilmente stai attraversando un periodo difficile, a te che in questo particolare momento della tua vita non vedi vie d'uscita, a te che sulla bilancia delle tue azioni metti solo il negativo, gli errori e gli sbagli commessi, dimenticando così e sminuendo l'importanza di tutte le opere buone che hai compiuto.

A te che leggi queste righe io dedico questa lettera, sperando possa esserti d'aiuto nei momenti grigi, nelle difficoltà e che ti possa far capire quanta immensa bellezza c'è ancora nella vita.

1 - Lettera a chi si è arreso

A te che non vivi la tua vita presente, perché intrappolato nei ricordi degli errori passati, e di ciò che ormai è immutabile.

A te che in questo periodo della tua vita riesci a pensare solamente a ciò che hai perso e non a quello che hai ottenuto.

A te che vedi solo le umiliazioni e le delusioni subite, senza pensare invece ai traguardi raggiunti e alle volte che ti sei sorpreso delle tue stesse capacità.

Non voglio dirti la solita frase banale che col tempo tutto si sistemerà, e che così ogni cosa avvenuta avrà un suo perché, questo è un concetto vero, ma nel momento che stai vivendo non saranno certo queste frasi a tirarti su di morale e a fornirti la mano di cui hai bisogno.

Sarà dura, estremamente dura risalire la china, soprattutto perché in questo frangente il mondo circostante ti appare a tinte fosche, come fosse tutto in bianco e nero, in questo momento lo so, stai pensando solo a ciò che è andato male e non a quel che si è svolto per il meglio.

È normale sentirsi così, ricorda che è normale essere vittime di stati d'animo in cui tutto sembra essere perduto, ti senti di valere poco e di non essere all'altezza delle situazioni che ti si parano davanti.

Ma quando quei momenti finiranno, una volta che avrai trovato la forza per andare avanti, allora tutto sarà differente, dentro di te qualcosa cambierà completamente, poiché avrai maturato l'idea che non ti manca niente per superare quelle difficoltà, avrai maturato la consapevolezza che dentro di te c'è tutto ciò che ti serve per andare avanti con la tua vita.

Ciò che ti condiziona estremamente è la tua sensibilità: nei rapporti, nel lavoro, nella vita; essa gioca un ruolo fondamentale per quanto riguarda la tua sfera emotiva.

Si esatto, la tua sensibilità, quella che non ti permette di lasciar perdere, quella che ti costringe a trovare ad ogni comportamento il suo perché, ma che se ci pensi bene è anche quella bellissima cosa che ti dona dei rapporti sinceri, ti dona attimi intensi composti soprattutto dalle persone che ti sono sempre state vicine, che con il tempo ti hanno visto crescere e maturare, constatando la magnifica persona che sei adesso, anche nei momenti in cui tu stesso dimentichi il tuo valore.

Se qualche rapporto non è andato a buon fine o si è concluso nel peggiore dei modi, lasciando dietro rancore e rabbia, ecco che tu senti il peso del tutto, sentendoti unico colpevole per quel che è andato male, quando in realtà i rapporti sono a due; potrai aver sbagliato, aver fatto qualche passo falso, ma ricorda che **se una persona esce dalla tua vita**, vuol dire che non ha più nulla da darti e tu non hai più nulla da donarle, **vuol dire che non siete più necessari per la crescita personale l'uno per l'altro.**

Se la tua vita non è inserita nei binari giusti, ricorda, non ha senso pensare e colpevolizzarti per tutte quelle piccole cose che sarebbero andate diversamente se le tue azioni fossero state differenti.

Non serve a niente recriminare e punirti per gli errori del passato, ormai sono andati e se non puoi porre rimedio a ciò che è stato, puoi senza dubbio trovare il modo di aggiustare il tiro nel tuo presente.

La vita è un po' come le montagne russe, alle volte si sale, alle volte si scende, l'importante è mantenere sempre intatta la convinzione che tu puoi farcela, che ogni nuovo giorno è una nuova occasione per ripartire da zero e ricominciare.

La tua vita non si riduce ad un singolo errore commesso, ma all'insieme di tutte le cose che hai fatto, sia nel bene che nel male, solo che alle volte dimentichi il bene fatto, dando peso solo al negativo, ma tu reagendo nella maniera più costruttiva alle avversità, avrai ogni giorno una nuova occasione per porre le basi alla nuova costruzione del tuo nuovo io.

Infine, non importa ciò che dicono o pensano gli altri, l'unica persona in grado di giudicare il tuo operato sei te stesso, il resto non conta.

Arrendersi è solamente una condizione temporanea, reagire e rialzarsi pur con tutto lo sforzo e la fatica del caso, avrà il potere di mostrarti tutte le tue capacità.

Nulla succede per caso, un giorno ti guarderai indietro e sarai fiero di te stesso e di tutte le avversità che hai attraversato.

Sei molto migliore di ciò che credi, devi solo imparare a tenere a mente quanto vali in realtà.

Tutto passerà, sarai più forte e più maturo, sarai grato a te stesso per non esserti arreso e non aver abbandonato la battaglia, ricorda il tuo valore.

2 – La felicità è una scelta

Si lo so, lo avrai sentito dire mille e mille volte, così tante che ormai ti sembrano solo parole vuote e concetti realmente senza senso.

Ti assicuro però che non è affatto così, ci sono due strade sempre percorribili nella vita di ognuno di noi: mettersi in un angolo e piangersi addosso per gli errori commessi e per quello che è stato, oppure prendere l'iniziativa ricostruire sé stessi ed andare avanti.

Tutto nella vita ti apparirà semplicemente come una profonda lezione, grazie alla quale troverai la parte migliore di te.

Meditazione: come rendere più leggera la propria vita

"Impara ad entrare in contatto col silenzio che è dentro te stesso ed a capire che tutto in questa vita ha uno scopo"

(Elizabeth Kübler-Ross)

L'aforisma appartiene a Elizabeth Kübler-Ross (Zurigo, 8 luglio 1926 – Scottsdale, 24 agosto 2004) che è stata una psichiatra svizzera.

Viene considerata la fondatrice della psicotanatologia e uno dei più noti esponenti dei death studies, infatti è a lei che vanno i meriti dello studio sulla teoria delle 5 fasi dell'elaborazione del lutto.

Le sue parole mi sono sembrate le migliori ma soprattutto le più sagge e specifiche al fine di spiegare quello che realmente è, e quanto profondo sia, il concetto stesso della meditazione.

Si dice che si debba imparare ad entrare in contatto con il silenzio che è dentro noi stessi, e che solo così riusciremo realmente a capire che tutto in questa vita è un regalo, e che nel bene oppure nel male, per quanto possa farci soffrire o gioire, tutto ha sempre uno scopo. Con il giusto equilibrio capiremo questa preziosa e magnifica lezione.

Le parole di Elizabeth ci pongono di fronte ad una profonda verità, che molto spesso sentiamo esprimere ma quasi mai riusciamo a fare realmente nostra, ovvero "tutto in questa vita ha uno scopo"; questo è un messaggio appartenente a tutte le religioni, scuole di pensiero e testi filosofici, a partire dal vangelo fino ad arrivare al buddismo, dalla psicologia alla psicoanalisi.

Eppure nonostante questo messaggio così bello intenso e profondo ci venga detto da molti, noi abbiamo ancora la nostra enorme dose di difficoltà a farlo nostro; questo semplicemente

perché ogni volta che qualcosa di bello ci accade lo vediamo
come un colpo di fortuna che una volta tanto è arrivato anche a
noi, privandolo così del suo vero significato, mentre ogni volta
che ad accaderci è qualcosa di brutto, ecco che allora anziché
porci delle domande e chiederci quale possa essere
l'insegnamento da cogliere dalle brutte esperienze, ci
nascondiamo, pensando solamente "come mai capitano tutte a
noi e mai agli altri".

1 – Tutto accade per un motivo

Esattamente tutte le cose che fanno capolino nella nostra vita,
accadono per una ragione e non è compito nostro trovare
sempre un motivo a tutte queste cose, l'importante è capire che
tutto ciò che accade è un dono, nel bene, poiché ti dona
momenti di felicità e qualcosa di cui essere grato al mondo, e
nel male, donandoti così la possibilità di migliorare, imparare
dai tuoi sbagli e fare tesoro di tutte le tue pregresse esperienze,
imparando così ad andare sempre avanti con il sorriso, per
quanto potrà sembrare difficile all'inizio, tutto alla fine avrà
uno scopo e ne raccoglierai i frutti.

Accetta quindi il fatto che tutto è un dono, e solo a te sta il
trarne una lezione ed un insegnamento per la tua crescita
personale.

2 – Meditazione, come può essere d'aiuto?

Ciò che viene insegnato nella meditazione è a guardare ai pensieri negativi e a quelli ossessivi come se fossimo spettatori, una volta che saremo entrati in questa nuova dimensione con i nostri pensieri tutto ci sarà più chiaro.

La nostra mente crea la nostra realtà circostante, quindi nel momento esatto in cui riusciamo a controllare i nostri pensieri senza farci sopraffare da essi, ecco allora che riusciremo realmente ad amarci.

Quando cominci ad amarti davvero, smetti di privarti del tuo tempo libero e di concepire progetti grandiosi per il futuro.

Oggi fai solo ciò che ti procura gioia e divertimento, ciò che ami e che ti fa ridere a modo tuo e con i tuoi ritmi.

Oggi sai che questo si chiama: semplicità.

Quando cominci ad amarti davvero, ti rifiuti di vivere nel passato e di preoccuparti del tuo futuro.

Ora vivi di più nel momento presente, in cui tutto ha un luogo.

È la tua condizione di vita quotidiana e si chiama: pienezza.

3 – Sii spettatore dei tuoi pensieri e non succube

Il primo passo insegnatomi dai monaci della filosofia Vedanta, all'interno della meditazione, è l'insegnamento che ti prescrive di diventare spettatore dei pensieri che ti inondano la mente e non succube di essi.

Mi spiego meglio, facciamo un passo indietro.

Da sempre quando ci troviamo a parlare di meditazione, viene detto e insegnato che bisogna sgombrare la mente, liberarla da ogni pensiero, quindi riuscire a non pensare assolutamente a nulla.

Ciò oltre a non essere affatto vero, non è minimamente possibile; provare a svolgere tale pratica, ci porterà solo a risultati negativi e frustranti perché costatando l'impossibilità di non riuscire a chiudere la mente ad ogni pensiero, ci sentiremo solamente incapaci di "meditare" e bisognosi di una guida, credendo di non riuscire a svolgere al meglio il nostro compito.

Il bello della meditazione è il suo essere libera e variabile da persona a persona, esistono delle linee guida, ma non insegnamenti da seguire alla lettera, solo delle linee guida che ci aiuteranno nel nostro successo o nel nostro fallimento.

4 – Vivi nel momento presente, la meditazione è una grossa presa di coscienza

La cosa più bella della meditazione, e anche la più liberatoria è il suo farti capire l'importanza del momento presente, tagliando quindi legami ostili e pensieri stressanti inerenti il passato o situazione avverse che vogliamo solamente dimenticare.

Il più grosso regalo che possiamo farci con la meditazione è comprendere l'importanza del nostro oggi, del nostro "qui e ora".

Il detto di un vecchio maestro recitava così: "non dimenticare e non rinnegare, tutto coopera alla creazione di ciò che sei oggi." Beh, niente di più vero: ogni volta che pratichiamo la meditazione ci ritroviamo a sperimentare l'emozione e la bellezza di vivere il momento presente, entrare in comunione con noi stessi ed essere onorati e felici per ciò che con tanto sforzo e fatica siamo riusciti a diventare.

Ribellarsi: vivere felici ed inseguire la propria felicità

"C'è tanta gente infelice che tuttavia non prende l'iniziativa di cambiare la propria situazione perché è condizionata dalla sicurezza, dal conformismo, dal tradizionalismo, tutte cose che sembrano assicurare la pace dello spirito, ma in realtà per l'animo avventuroso di un uomo non esiste nulla di più devastante di un futuro certo."

Christopher McCandless

L'aforisma in questione non poteva appartenere ad altri se non a Christopher McCandless, il ragazzo che, seguendo la sua voglia di libertà e la ricerca del suo vero io, decise di abbandonare la civiltà e vivere in mezzo alla natura selvaggia, ribattezzandosi durante i suoi viaggi col nome di Alexander Supertramp.

Egli fu un ragazzo estremamente studioso e diligente, una volta finito il proprio percorso universitario, numerose strade gli si aprirono, ma ecco che seguendo quello che sembrava un percorso già segnato e soprattutto sembrava non presentare alcuna sorpresa dietro l'angolo, qualcosa in lui si ruppe.

In quel momento decise che la strada che stava seguendo ed i pensieri che ne scaturivano non lo avrebbero mai portato alla felicità, ma in una confortevole prigione, la quale avrebbe solamente prosciugato il suo animo e tappato per sempre il suo spirito avventuriero.

Fatta questa dovuta premessa, mi trovo a scrivere queste righe e a scegliere l'aforisma di Christopher McCandless, proprio perché il tema della comfort-zone è estremamente ricorrente e in molte delle e-mail che mi sono arrivate, riscontravo in tutte lo stesso disagio, ovvero quello di non riuscire a mettere la propria vita sui binari giusti.

È proprio vero, molte persone non sono soddisfatte e non sono felici della loro routine e della vita che si trovano ad affrontare giorno dopo giorno, ma al tempo stesso non osano cambiarla di una virgola, principalmente per due motivi.

Sai ciò che lasci ma non quello che trovi, e ciò vale per ogni piccola sfera della nostra vita, in molti vivono una situazione infelice con il/la proprio/a compagno/a eppure per paura di rimanere da soli continuano a portare avanti una storia che li farà solo soffrire ulteriormente man mano che avanzerà.

Lo stesso vale per il lavoro, per paura di non trovare altro e con l'idea beffarda che il lavoro giusto per ognuno spetti a tutti tranne che a noi; molti rimangono incatenati in un lavoro che non piace e non appassiona loro, barattando la propria felicità con lo stipendio di fine mese, il quale potrà dare sollievo alle nostre spese, ma di certo non ne darà alla nostra anima.

Ciò che dobbiamo fare è semplicemente capire che un'altra strada è possibile, un'altra via è percorribile e che nulla è perduto; abbiamo sempre il tempo e il modo per migliorare, l'unico limite è quello che vive nella nostra testa.

1 – Le cose che contano non si ottengono facilmente

Ovviamente quando dico che l'unico limite vive nella nostra testa, non intendo dire che basta pensare che tutto andrà bene e come per magia così sarà.

Quello che invece intendo realmente è che sì, ovviamente ci sarà del lavoro da fare, e ancora strada molto dura da affrontare ed il più delle volte in salita, ma con la giusta determinazione e la caparbietà necessaria, riuscirai a raggiungere il traguardo stabilito.

Immagina per un attimo se le persone geniali del nostro tempo si fossero arrese alla prima caduta, oppure dopo un fallimento lavorativo o privato che fosse.

Impara che ogni caduta, ogni battuta d'arresto, ogni brusca frenata, sono solo i modi con i quali la vita ti obbliga a crescere, ponendoti di fronte ai tuoi limiti e facendoti capire gli errori commessi.

Impara la lezione, cresci e abbi sempre fiducia in te stesso.

2 – Scegli tu che direzione seguire

Esattamente, sei solamente tu la persona che può gestire e decidere quale sia il percorso più indicato da seguire, osserva ancora una volta la storia di McCandless, il suo punto di rottura arrivò proprio perché stufo di soddisfare le pressioni e le idee o progetti che gli altri si erano fatti su di lui, in altre parole trovava insostenibile ed insopportabile percorrere un tragitto in realtà fissato da altri e mai deciso solamente da lui.

Devi essere tu a scegliere e decidere come andare avanti, che percorso seguire e quale sia la strada migliore da percorrere, senza farci assolutamente influenzare da cose come il giudizio altrui o la percezione che gli altri hanno di noi.

Tutte queste cose non hanno alcun valore, almeno che non sia tu a darglielo, mantieni la tua posizione, scegli il tuo obbiettivo è fai di tutto per raggiungerlo.

3 - Ribellione

Esattamente, ribellione, non nel senso violento del termine, ma un po' come la intendeva Thoureau, ovvero un atto di disobbedienza civile.

Tutti siamo abituati a pensare che la strada giusta da percorrere sia solo una, invece abbiamo bisogno di pensare fuori dagli schemi, proprio prendendo esempio da Alexander Supertramp.

È nostro compito ribellarci e fare tutto quanto in nostro potere per essere felici, nota bene, **non delegare questo compito a nessuno all'infuori di te.**

Solo tu puoi scegliere cosa ti rende felice e soprattutto solo tu puoi scegliere il percorso ideale per te stesso:

- **Non demordere mai**

- **Abbi sempre fiducia in te stesso**

- **Vivi assecondando ciò che ti fa stare bene**

Se fa male non è amore: ama te stesso

Non si sceglie di avere una persona accanto per peggiorare la propria vita, ma per migliorarla. E se l'amore non porta a questo o non è amore o è un amore "malato".
(Osho)

L'aforisma appartiene a Osho , il maestro spirituale che con le sue parole ci racconta in maniera semplicemente perfetta quello che l'amore dovrebbe donarci, ovvero serenità e felicità.

Quando trovi la persona giusta, tutto torna al proprio posto, ogni cosa acquista la giusta misura, è come se dal momento in cui troviamo la persona giusta per noi, la nostra vita iniziasse da capo e tutto i nostri sbagli e errori passati allora acquistassero un senso. Abbiamo sbagliato, ci siamo comportati male oppure ingenuamente solo per trovare alla fine la persona giusta per noi, la quale ci riequilibra e ci porta ad essere la versione migliore di noi stessi.

1 – L'amore vero esiste per tutti, e tutti lo meritano

Quando si sta accanto alla persona che ci ama veramente per quello che siamo, beh ecco che ogni cosa si ridimensiona e trova il suo posto.

Gli errori, gli sbagli e tutto ciò che abbiamo subito, ecco che trovano il loro significato più profondo. Dovevamo maturare, acquisire e fare esperienza fino ad arrivare a raggiungere quel magnifico premio, ovvero quella persona che tutti noi cerchiamo, ma in pochi troviamo veramente quella che conosce tutto di noi, pregi e difetti, donandoci tutto il suo amore, facendoci così sentire in pace con noi stessi e con il nostro vissuto.

Fatta questa dovuta premessa, c'è da dire che purtroppo molti, stufi di cercare la persona adatta a loro, ecco che si arrendono; alcuni cercano conforto nel ricordo di vecchie storie ormai sbiadite, trovandosi dunque ancora più smarriti, sbattendo la testa contro porte chiuse, altri ancora si accontentano della persona che trovano, poiché stufi di rimanere da soli, preferendo vivere cullandosi in un falso senso di sicurezza, stufi di cercare e convinti di essere destinati altrimenti alla solitudine.

Ciò provoca dunque una triste conclusione, ovvero stare tanto tempo accanto ad una persona, svegliandosi un giorno, scoprendo che non è quella giusta, che in fin dei conti non la si conosce bene come si pensava, che i suoi difetti sono difficili da digerire o ancor peggio, scoprendo di aver fatto entrare nella propria vita qualcuno che non dona lo stesso amore che riceve.

Eppure, molte persone piuttosto che mettere un punto ad una storia che fa solo male, preferiscono accontentarsi, vivendo una relazione che dona solo una falsa e pallida imitazione di felicità.

Nella realtà dei fatti però, mentiamo a noi stessi.

2 - Se fa male non è amore

Quando si parla di un amore nocivo che impedisce di crescere, subito si pensa all'uso della violenza fisica, ma si continua a sottovalutare quella che è la violenza psicologica.

Si tende così ad accontentarsi e a giustificare tutte quelle cose che semplicemente non sono manifestazioni d'amore, solamente in quei momenti siamo troppo ciechi per accorgercene.

Non è amore ogni volta che ti obbliga, non è amore quando non ti fa sentire libero, non è amore quando non è mai con te lasciandoti preda dei pensieri negativi.

Purtroppo, però quando una persona è "innamorata", o comunque presa all'interno di una relazione, difficilmente riconoscerà i vari campanelli d'allarme, preferirà spostare la propria attenzione su altro, su dinamiche che non sono il vero problema, ma che servono solamente a dare un motivo al malessere che si prova, per non pensare così al vero problema, ovvero che chi hai accanto, non ti ama abbastanza.

3 - Prima di tutto devi accettare te stesso

Proprio così, prima di ogni cosa devi accettare te stesso e il tuo bagaglio di esperienze belle o brutte che siano, dobbiamo solo accettare ciò che è stato ciò che siamo stati e ciò che abbiamo fatto.

Solo allora, solo in quel momento in cui avremo accettato noi stessi, in cui ameremo davvero ogni piccolo lato di noi, allora riusciremo a trovare la persona giusta che ci amerà e ci aiuterà in quelle montagne russe che sono le nostre vite.

Molte volte quando siamo intrappolati in una relazione tossica, non riusciamo a vedere nessuna via d'uscita, magari a causa dell'abitudine, della paura di rimanere da soli, ed è così che rimandiamo costantemente un inevitabile rottura, pensando di non essere meritevoli di ricevere niente di meglio.
Non facendo caso però al fatto che è ancora più distruttivo per noi stessi, e a lungo andare per la nostra autostima, mantenere un legame non sincero, il quale più tempo passerà, più danni porterà e quindi sarà sempre più difficile da tagliare.

4 - Amati dunque, taglia fuori ciò che è dannoso, nessuno è nato per rimanere solo

Alle volte può risultare difficile uscire da una relazione come da un foglio bianco, pronto per essere utilizzato ancora per scrivere una nuova storia con la persona giusta.

Non sarà facile troncare una relazione, per quanto brutta possa essere, inizialmente ti sentirai ancora peggio, ti sentirai immerso nella solitudine e sarai tentato di tornare sui tuoi passi.

Ma è così che funziona, bisogna stare un po' male per ritrovare il proprio equilibrio e superato il momento, avrai la consapevolezza di avere dentro di te tutta la forza che ti occorre per andare avanti.

Non barattare la tua felicità con un falso senso di sicurezza in una relazione dannosa, ama te stesso, non curarti di tutte le negatività, accetta anche i periodi bui, sono proprio quelli che ti mostrano quanta forza hai nel cuore.

Una volta che tutto questo sarà passato, l'universo ti premierà, donandoti accanto qualcuno di così meraviglioso, che difficilmente riuscirai a credere che sia reale.

Non siamo nati per rimanere soli, ma per crescere e maturare avendo accanto la persona che fa al caso nostro.

La mente si arricchisce di quello che riceve, ma il cuore di quello che da

"Le cose che contano di più non dovrebbero mai essere alla mercé delle cose che contano di meno."

(Goethe)

Johann Wolfgang (von) Goethe, (Francoforte sul Meno, 28 agosto 1749 – Weimar, 22 marzo 1832) è stato uno scrittore, poeta e drammaturgo tedesco. Considerato dalla scrittrice George Eliot «...uno dei più grandi letterati tedeschi e l'ultimo uomo universale a camminare sulla terra», viene solitamente reputato una delle personalità più rappresentative nel panorama culturale europeo.

Con le sue parole, egli ci fa riflettere su un concetto molto contemporaneo, ovvero la schiavitù che subiamo dai nostri stessi pensieri.

Questo meccanismo, se portato avanti senza alcun freno finisce col portarci a confondere le nostre priorità, dimenticando o addirittura abbandonando un obbiettivo solamente perché la nostra mente è bloccata su un pensiero superfluo oppure su un'altra qualunque cosa di poco conto.

Proprio per questo motivo dobbiamo essere in grado ogni giorno di riordinare le nostre idee, di porre con chiarezza e in maniera ben delineata quali sono le nostre reali priorità.

1-Abbandona i pensieri e le questioni che risucchiano tutta la tua energia

Sono ovunque e sono tanti, tutti quei pensieri e tutte quelle cose che non fanno altro che distrarci, bruciare le nostre energie e non permetterci di arrivare al raggiungimento di quelli che sono i nostri reali obbiettivi.

Molte persone si bloccano nel proprio presente senza riuscire veramente a viverlo.

Questo accade perché si fossilizzano su cose perdute, su questioni vecchie appartenenti ad un tempo che fu, dimenticando così che la vita non la si vive stando continuamente girati ad osservare il tragitto compiuto, ma scrutando invece l'orizzonte e tutti i passi che ancora dobbiamo compiere per arrivare finalmente a raggiungere la meta.

Finché non sarai in grado di dare il giusto peso alle cose che ti circondano, beh allora la paura per il presente, e soprattutto per il futuro, continuerà ad albergare nel tuo cuore.

Uno sguardo, una voce, un piccolo pettegolezzo o ancora una figuraccia, un fallimento, una storia andata male; ecco: questi sono solo piccoli esempi di cose che non contano nulla, sulle quali non è nemmeno consigliabile fermarsi a ragionare, per il semplice fatto che sono solo delle perdite di tempo e che come tali vanno trattate, ovvero lasciarle andare senza concedergli alcuno spazio nella nostra mente, o ancora nel nostro cuore.

Se continuerai ad imprigionare i tuoi pensieri e sprecare le tue energie su questo genere di cose, esse rischieranno di trasformarsi in vere e proprie ossessioni, quindi in "priorità" malate, le quali non ti condurranno verso alcun beneficio, l'unica cosa che otterrai sarà quella di buttare via il tuo presente inseguendo delle chimere che non possono essere conquistate.

Usa invece tutto il tuo impegno per scegliere ciò che conta davvero, in primo luogo, scegli te stesso.

Pazienza se qualcosa è andato storto, pazienza se alcune scelte non si sono rivelate azzeccate, tu sei qui, ora, ed è proprio ora che devi avere la lucidità di fissare un tuo obbiettivo, una tua priorità, ovvero qualcosa che dipenda e riguardi solamente te e nessun altro.

Molti si arrendono perché ingenuamente credono di aver bisogno degli altri o comunque che la loro felicità dipenda dal pensiero e dall'apprezzamento altrui.

Questo non solo non è un concetto esatto, è anzi una vera e propria menzogna.

Ogni essere umano ha dentro di sé tutte le carte in regola per comporre e raggiungere la propria felicità, bisogna capire che quella che tanto cerchiamo non dipende da coloro che abbiamo vicino, certamente aiuta avere al proprio fianco persone sincere e in gamba delle quali potersi fidare, ma è un errore pensare che la felicità possa arrivare su di noi solamente grazie a questo meccanismo.

Dato che essa si trova dappertutto attorno a noi e in ogni cosa di cui possiamo fare esperienza, la felicità è un dono innato e interno che ognuno di noi possiede, semplicemente col tempo e con tutte le cose irrilevanti che affollano la nostra mente, abbiamo finito per dimenticarlo, lasciandola nascosta in qualche angolo remoto della nostra anima, sperando che un giorno qualcuno arrivi da noi per risvegliarla, ancora una volta, dimenticando che quel qualcuno che tanto cerchiamo in giro per il mondo, lo troveremo solamente guardandoci allo specchio.

Quel qualcuno in grado di risvegliare la nostra felicità, siamo noi stessi, i quali con il conseguimento dei nostri obbiettivi e l'accettazione di noi stessi, comporremo giorno dopo giorno, passo dopo passo la nostra più grande conquista.

2-Definisci adesso le tue priorità

Semplice giusto? E allora perché ci risulta ancora una volta tutto così estremamente difficile?

Definire quelle che sono realmente le nostre priorità, in cuor nostro, diciamocelo, ci spaventa un po'.

Se affidiamo il nostro benessere alle azioni o alle parole di altre persone, così come facciamo per il nostro malessere, colpevolizzando eventi o altri elementi della nostra vita, ciò ci deresponsabilizza, non ci dona tranquillità, ma perlomeno non ci fa sentire colpevoli per quella che è la nostra condizione attuale.

Al contrario invece, prendendo in mano il nostro sentiero e fissando le nostre priorità per conto nostro, senza alcun aiuto o influenza esterna, beh allora ecco che faremo un grosso passo avanti riguardo della che è la nostra maturazione.

Crea dunque le tue priorità, non permettere che siano cose senza senso o dinamiche infette a condizionare la tua mente e guidare la tua vita in una strada tutta curve e senza alcuna via d'uscita.

Una volta che avrai capito cosa vuoi da te stesso, potrai fissare realmente le tue priorità, prendendoti la responsabilità delle tue azioni, e allora sai che fine farà tutto il resto, ovvero tutto ciò che ti immobilizzava non permettendoti di andare avanti? Beh, avendolo spogliato di quella finta importanza che gli avevo fornito, finirà tutto nell'oblio, in quell'oblio in cui far cadere tutte le cose in realtà senza importanza e che solo adesso vediamo per ciò che realmente sono, ovvero delle perdite di tempo.

Usa dunque il tuo tempo su questa terra per raggiungere ciò che davvero conta e soprattutto ricorda, la mente si arricchisce di quello che riceve, ma il cuore di quello che dà.

5 consigli per stare bene

"Apprezza ciò che sei, perché tu sei amore, quell'amore che cerchi in ogni cosa e in ogni dove. Accogli ciò che tu sei perché tu sei ciò che cerchi di essere, ciò che tu vuoi essere, tu sei la vita che crea la tua vita. Accetta te stesso, amore del tuo amore, perché tu sei ciò che hai tanto bisogno di essere. Sorridi all'amore che tu emani perché tu sei quell'amore che cerchi in ogni luogo, pace dei tuoi sensi."

Paulo Coelho

L'aforisma appartiene a Paulo Coelho, celebre scrittore, poeta e blogger brasiliano.

Ho scelto proprio questo suo aforisma perché spiega perfettamente quella che è la serenità, ovvero un concetto astratto al quale diamo forma e locazione in ciò che ci circonda, dimenticandoci, purtroppo troppo spesso, che la vera serenità e la pace dell'anima sono racchiuse in noi stessi, dentro di noi abbiamo tutto ciò che ci occorre, dobbiamo solo imparare ad apprezzarci di più, scovando la nostra unicità e mantenendo il nostro io, senza barattarlo per mera approvazione o per qualche nostra futile vanità.

Di seguito ecco quelli che sono i miei 5 consigli per vivere una vita con più pace e più in serenità con noi stessi, augurandomi che possano essere di aiuto e stimolo anche per te.

1 - Accetta il tuo essere unico

"Unico", quante volte questa parola viene usata completamente a sproposito, alle volte perdiamo la nostra favolosa unicità, semplicemente perché preferiamo uniformarci per paura di non essere capiti, rischiando così di perdere le nostre peculiarità.

Tu sei unico e possiedi qualità che nessun altro ha, magari alle volte ti sei sentito diverso rispetto agli altri, fino a quando verifichi che ad un certo punto, tutti vogliono sentirsi diversi, tutti vogliono sentirsi unici, ed è lì che vinci.

Accetta la tua individualità, accetta i tuoi difetti e le tue debolezze, ma sii fiero dei tuoi pregi e dei tuoi punti di forza, tutte queste cose assieme ti rendono la meravigliosa persona che sei.

2 - Conserva una visione positiva

Ogni giorno non è mai uguale a quello precedente, una mattina ti svegli pensando di essere una grande persona e il giorno dopo invece senti di dover ricominciare da zero.

Sai perché alle volte succede tutto questo, semplice è la vita che va così, alle volte abbiamo momenti positivi, altre volte invece viviamo in sequenza momenti di forte negatività.

Il piccolo trucco è il mantenimento di una visione positiva rispetto a ciò che ci circonda, la ferrea sicurezza, non convinzione, ma sicurezza che per quanto le cose possano andare bene, vi è sempre un modo per farle andare bene, facendo sì che la ruota continui a girare per il verso giusto.

Non serve a niente maledirsi per ciò che va male, ma andare avanti col sorriso pensando che c'è sempre un modo per tirarsi fuori dai guai, grazie a noi stessi e al nostro approccio positivo.

3 - Non prestare attenzione al pensiero altrui

Già detto tante volte, purtroppo l'e-mail che mi arrivano sono per la maggior parte incentrate su questo punto.

Non andrai mai avanti se BUTTERAI energie su questioni che non puoi controllare, qualcuno ti odierà e qualcuno ti amerà, non sempre ci sarà un motivo, l'unica cosa certa è che non puoi decidere e nemmeno controllare il pensiero altrui, quindi perché perdere tanto tempo dietro a qualcosa che vive e vivrà sempre fuori dal tuo controllo?

Impara a lasciar perdere, metterci una pietra sopra e andare avanti, certe cose acquisiscono importanza solo se sei tu stesso a caricarle di tanto significato, perciò impara ad accettare queste piccolezze per quello che sono appunto, ovvero cose di poco conto, che non avranno mai alcuna influenza su di te, a meno che non sia tu a fornirgli tale scopo.

Alla fine, dipende solo da te.

4 - Accetta i tuoi errori

Questo succede continuamente, ce lo ripetiamo tante volte ma poi non compiamo mai veramente questo atto, commettiamo TUTTI degli errori, alcuna dettati dall'età, altri invece dettati dalla fragilità di un particolare momento, altri ancora quando la nostra capacità di giudizio rimane offuscata.

Una volta commesso un errore, ricorda che non serve a nulla ripensare al da farsi e al come avresti potuto agire oppure a cosa avresti potuto fare.

Noi siamo la somma di tutte le cose che ci sono accadute finora, o ancor meglio siamo la somma di tutte le reazioni avute riguardo a ciò che ci è accaduto finora.

Gli sbagli sono una componente fondamentale, gli sbagli ci aiutano a crescere, a migliorare, a scoprire qualcosa di nuovo su noi stessi, regalandoci un'occasione d'oro, ovvero quella di capire dove abbiamo sbagliato e cosa quindi sia giusto smettere di fare.

Non essere troppo duro con te stesso, hai sbagliato, va bene, non cambia ciò che sei, anzi ti dona l'occasione di migliorare, imparare, evolverti così il prossimo passo non si concluderà con una caduta, gli sbagli sono fondamentali, senza errori non potresti mai cambiare e diventare la versione migliore di te stesso.

5 - Non giudicare MAI

Il giudizio, ecco una delle cose che dobbiamo imparare in tutti i modi a evitare, perché giudicare gli altri, le loro azioni, i loro pensieri, tutto ciò non ha senso.

Non si smette mai di conoscere veramente qualcuno, quindi con quale diritto ci permettiamo di puntare il dito e giudicare gli altri solamente in base al poco che conosciamo?

Perdi l'abitudine di giudicare gli altri, ricordandoti inoltre che quando giudichiamo qualcuno beh, in realtà stiamo giudicando noi stessi.

Non possiamo permetterci di giudicare gli altri, questo perché non li conosciamo, e non è una cosa che ci fa bene, se proprio vuoi giudicare qualcuno, usa quelle energie per giudicare te stesso, perché sei l'unica persona sulla quale hai questo diritto.

Tieni inoltre a mente che ogni volta che punto il dito contro qualcuno, tre sono diretti verso di te.

Conclusione

Aspettati brutte giornate, la vita come già detto è ciclica, alle volte sei così in alto da sentirti intoccabile, altre invece sei così a terra da pensare che non esista una soluzione.

L'importante è rimanere tranquillo, capendo che dentro di te hai tutto quello che ti occorre, per uscire dai momenti bui, per fare pace con te stesso, per gioire delle tue vittorie.

Apprezza la tua unicità, fanne tesoro, tieni accanto chi sa apprezzarla e vivi nella sicurezza di ciò che sei, hai tanto da dare agli altri; inizia da ora.

5 passi per diventare una persona migliore

"Ti criticheranno sempre, parleranno male di te e sarà difficile che incontri qualcuno al quale tu possa piacere così come sei! Quindi vivi, fai quello che ti dice il cuore, la vita è come un'opera di teatro, ma non ha prove iniziali: canta, balla, ridi e vivi intensamente ogni giorno della tua vita prima che l'opera finisca priva di applausi."
(Charlie Chaplin)

L' aforisma appartiene a Charlie Chaplin ed è uno dei suoi più famosi; egli fu un attore, comico, regista, sceneggiatore, compositore e produttore cinematografico britannico.

Egli, che fu una delle personalità più creative e influenti del cinema muto, con le sue parole ci esorta a non preoccuparci del giudizio di terze persone ma solamente del nostro, seguendo la nostra personale condotta, senza privarci di tutte quelle nuove esperienze che possiamo fare nella vita, senza avere paura o blocchi di alcun genere, arrivando così a generare una vita senza rimpianti.

Ho scelto tale aforisma, data la sua conclusione perfetta, "...canta, balla, ridi e vivi intensamente ogni giorno della tua vita prima che l'opera finisca priva di applausi.", la trovo una conclusione quasi poetica! Se non buttiamo via le nostre energie a rimuginare su ciò che è stato, a come gli altri ci vedono e al loro giudizio, ma le usiamo invece in maniera utile e benefica per il miglioramento di noi stessi, allora sì che potremo ritenerci soddisfatti, avremo fatto di tutto per diventare persone migliori e la realtà a noi circostante inizierà a sorriderci.

Ecco quindi qui di seguito 5 piccoli passi da compiere per diventare, a poco a poco, delle persone migliori:

1 – Abbandona il rancore, pratica il perdono

Esattamente, ho notato, specialmente dai messaggi che mi arrivano, che molte, forse addirittura troppe persone sono quelle che vivono ancorate a vecchi rancori, vecchie battaglie, ormai perse nel tempo, tutto ciò non è altro che un inutile spreco di energie, le quali non venendo investite sul nostro miglioramento personale, finiscono solamente con l'ingigantire qualcosa che non dovrebbe avere alcuna importanza o attinenza sulla nostra vita presente.

Non dobbiamo provare rancore, esso è come un enorme macigno legato a noi, il quale ci carica negativamente, impedendoci quindi di guardare e proseguire avanti per la nostra strada.

Il rancore è quindi uno stato d'animo immotivato, accetta che se qualcuno ti ha fatto un torto, ciò è avvenuto anche a causa di ciò che tu eri, quella persona che adesso non sei più e che non sarai mai più, siamo in continua evoluzione ed in continuo cambiamento, ed è solo una volta che riusciremo a conquistare il nostro equilibrio, che le uniche cose presenti nella nostra vita saranno pace, serenità e felicità.

2 – Abbandona l'invidia, pratica la gratitudine

L'invidia è purtroppo un sentimento estremamente diffuso, ma la mia domanda è perché?

Per quale assurdo motivo viene provato questo sentimento? Gli altri infatti non hanno colpe, ma solo meriti, ovvero il merito di essere riusciti ad arrivare dove desideravano.

L'invidia è in realtà la produzione della rabbia verso noi stessi, verso tutti quei nostri fallimenti, piccoli o grandi che siano, non importa, l'importante è smettere di vivere tale condizionamento.

Alla fine, è tutto un discorso inerente alle nostre energie e all'uso che ne facciamo, possiamo decidere se scialacquarle in maniera così improduttiva e perdere il nostro tempo in qualcosa che non ci darà quindi alcun arricchimento, oppure abbandonare un sentimento così distruttivo e autolesionista, impegnandoci su tutte quelle piccole cose che possiamo fare giorno dopo giorno per raggiungere così i nostri obbiettivi.

Abbandona l'invidia, una volta capita la sua inutilità e dove invece potrai spendere le tue energie, allora sarai una persona migliore rispetto a chi eri.

3 – Vivi il "qui ed ora", vivi nel momento presente

Vivere il momento presente è senza dubbio il più importante passo che dobbiamo fare per raggiungere la serenità, quando sei concentrato sulla quotidianità, quando sei immerso nelle tue azioni e nella conduzione attimo per attimo della tua vita, allora non avrai modo di perdere le forze dietro altre questioni, questo perché concentrato su te stesso, sul tuo presente e sulla tua condizione attuale.

Vivere l'attimo presente è inoltre il modo migliore per gustarsi le esperienze che facciamo e che conduciamo strada facendo, non vi è modo migliore di apprendere da un'esperienza se non quella di viverla in prima persona, senza avere la mente inquinata da pensieri negativi, ponendo invece l'attenzione su tutto ciò che vive attorno a noi e ci circonda, seguendo la pratica del "qui ed ora" ne risentirà positivamente non solo la tua crescita personale, ma anche la tua rete sociale ed i tuoi rapporti, vivendo e dando ad ogni singolo rapporto il giusto peso e la cura necessaria.

Non perdere tempo con la spazzatura mentale, vivi pienamente il presente e lavora per il tuo futuro.

4 – Riconosci il giusto valore a chi ti circonda, non dare mai nessuno per scontato

La domanda è molto semplice, chi sei tu? Non come ti vedono gli altri, non come ti hanno etichettato e non come le persone a te vicine e care ti hanno detto che devi essere, ma chi sei tu veramente.

Nonostante tale domanda sembri estremamente semplice, se ci penserai a fondo scoprirai che non è così facile trovare la giusta risposta, tu non sei il tuo lavoro, non sei ciò che possiedi, il tuo valore non è determinato dal quantitativo di soldi che possiedi, l'unica cosa che mostra ciò che sei, sono le tue azioni, sia positive che negative, datti il giusto merito per le tue vittorie, non essere troppo duro con te stesso e se questa domanda ti ha messo in crisi, oppure ti ha fatto capire che non ti piace ciò che sei adesso, ricorda non è mai troppo tardi, nulla è già scritto e soprattutto c'è sempre tempo per migliorarsi, porsi domande e obbiettivi, andando avanti con fiducia verso il futuro.

Inizia quindi per il tuo benessere e crescita positiva, non dando mai nessuno per scontato, ogni persona può donarti qualcosa, vivi i rapporti pienamente, le persone sono fondamentalmente buone sta a noi porci nella giusta maniera, tieni vicino a te le persone positive e se qualcuno sceglie di allontanarsi, beh lascialo andare, consapevole della bellezza che tale rapporto finché è durato ti ha donato qualcosa.

Non dare nessuno per scontato e sii sempre felice e riconoscente nei confronti di chi ti sta vicino, perché quando non ci sarà più, penserai solo ai momenti che ti sei perso, vivili invece quei momenti, non avendo così alcun rimpianto.

5 – Sii consapevole riguardo a chi sei veramente

Una volta maturata la tua consapevolezza riguardo a ciò chi sei adesso, potrai finalmente lasciarti tutte le delusioni e paure alle spalle, ora che sai chi sei, beh non permettere a niente e a nessuno di svalutarti, vivi in base ai tuoi valori, non essere mai sazio di nuove esperienze e ricorda, non è mai troppo tardi per migliorare.

Sii consapevole, dentro di te c'è più di quanto tu stesso immagini.

Positività: 6 piccole lezioni di vita

"Impara la lezione dell'albero: resiste al calore del sole e regala agli altri la freschezza dell'ombra."
(Proverbi indù)

L'aforisma è un proverbio indù, il quale rappresenta perfettamente la condizione della vita umana ed il modo migliore per affrontarla e viverla pienamente.

La vita ci mette continuamente alla prova, in alcuni momenti stacchiamo il cervello e finiamo col fare errori che rimpiangeremo subito dopo, altre volte invece ci troviamo affossati e abbattuti dall'ambiente che ci circonda, diamo molta più importanza ai nostri fallimenti piuttosto che alle nostre vittorie, focalizziamo il nostro pensiero su coloro che non fanno più parte della nostra vita, non dando così la giusta importanza e il giusto apprezzamento a chi nella nostra vita vuole rimanere.

Il proverbio indù che ho scelto, ci suggerisce come vivere al meglio la nostra vita, esattamente come l'albero resiste al calore e alle intemperie, noi faremo lo stesso, resistendo e stringendo i denti ogni volta che avremo un momento difficile, tutto passerà ogni cosa negativa col tempo perderà di significato e noi non saremo colmi di rabbia, ma al contrario riusciremo a donare felicità e armonia a chi ci sta accanto esattamente come il nostro albero, il quale soffre ma resiste al clima, donando in cambio freschezza e ombra al prossimo.

Ecco quindi 6 piccole lezioni di vita imparate con il tempo, ricorda gli errori servono proprio a questo, ovvero fare esperienza e non cadere mai più negli stessi trabocchetti.

1 – Incontrerai sempre sulla tua strada qualcuno che ti dirà come vivere

Proprio così, ognuno di noi troverà sempre sul proprio cammino qualche persona pronta a dare il giusto consiglio, la giusta visione d'insieme, pronta ad indicare il cammino migliore per noi stessi.

Non curartene, segui le tue decisioni, le tue aspirazioni, se sbaglierai sarà con la tua testa, ma non rinunciare mai a priori solo perché qualcuno già ti aveva detto di non farlo.

Ascolta e asseconda le tue inclinazioni, solo così non vivrai di rimpianti, aprendoti invece la strada verso ciò che desideri.

2 – Ogni storia d'amore sbagliata ti avvicina a quella giusta

Molte persone mi scrivono messaggi nei quali mi chiedono come fare per superare una delusione amorosa o ancora per imparare a gestire il rifiuto da parte di terzi.

In realtà bisogna solo capire che deprimersi e sentirsi di valere meno solo perché qualcuno non ci ha accettato o non ci ha capito, non porta a nessuna svolta positiva.

Non arrabbiarti, non essere deluso, non far valere l'opinione che hai di te stesso sulla base del pensiero altrui.

Ricorda che ogni storia d'amore sbagliata ti avvicina a quella che ti cambierà la vita, non commetterai più gli errori delle storie passate, e questo solo perché dopo tanto cercare, avrai finalmente trovato quella persona con la quale basta un singolo sguardo per sentirsi compresi e amati nel modo che per tanto tempo abbiamo cercato.

3 – Non portare mai rancore, dimentica e passa oltre

Il rancore, una delle emozioni più irragionevoli e inutili che purtroppo ci ritroviamo a sperimentare ogni volta che qualcuno ci ha feriti o fatto sentire da meno.

Devi pensare al rancore come ad una sorta di veleno, esso infatti finisce con il controllare ogni tua azione, ogni tuo piccolo pensiero finendo inesorabilmente col consumarti.

Non devi fissarti su vicende passate su cose che non hanno più attinenza né con il tuo presente, né con la persona che sei diventato, ricorda il tempo cambia tutto, luoghi e persone, quindi piuttosto che aggrapparti a sentimenti negativi, procedi sempre guardando avanti, focalizzandosi su "ciò che sarà" e non su "ciò che è stato"

Dimentica e guarda avanti, eliminando il rancore elimini anche la negatività dalla tua vita; portare rancore non risolve nessun problema e nessuna situazione.

4 – Fai tacere l'orgoglio

Non è con l'orgoglio che si va avanti, se ti farai dominare da esso, rovinerà tutti i tuoi rapporti, importante è avere sicurezza in noi stessi, ma senza sentirsi superiori a nessuno.

Sostituisci l'orgoglio con l'umiltà, quando sei veramente sicuro della persona che sei, allora non hai bisogno di dare alcuna dimostrazione a nessuno.

L'umiltà invece ti aiuta a percepire il buono che esiste in ognuno di noi, non sentirti mai superiore a nessuno, siamo esseri umani ognuno con i suoi pregi e i suoi difetti.

5 – Fai parlare l'empatia

L'empatia è fondamentale per vivere bene, spesso compiamo delle azioni senza pensare ai sentimenti altrui, non per cattiveria, semplicemente alle volte non ci pensiamo nemmeno.

Pretendiamo però che tutti ci capiscano e ci trattino con rispetto, ciò è lecito e giusto, impariamo però ad essere i primi a fare la stessa cosa.

L'empatia è un motore importantissimo per l'umanità è quel filo invisibile che ci fa sentire tutti uniti nella medesima condizione umana.

Esercita quindi l'empatia e la positività, siamo solo di passaggio su questo mondo, quindi perché esercitare la cattiveria e condizionare negativamente le nostre vite.

Viviamo con in tasca un sorriso da donare al prossimo, non coltiviamo sentimenti negativi.

6 – Ti rialzerai in piedi e tutto avrà senso

Ti rialzerai in piedi, smetterai di soffrire, dimenticherai il dolore, ed un giorno tutto avrà un senso.

Siamo il risultato delle nostre esperienze passate e di ciò che ci è capitato.

Quindi vai avanti sempre a testa alta, fiero della persona che sei diventato, ti volterai indietro notando quanto sei cresciuto e maturato, ed allora sarai fiero di te stesso.

Rilassati: la tua vita dipende dai tuoi pensieri

"Un forte e positivo atteggiamento mentale produrrà più miracoli di qualsiasi droga potentissima."
(Patricia Neal)

L'aforisma appartiene a Patricia Neal, attrice teatrale e televisiva statunitense.

Queste sue parole sono perfette per l'argomento che tratteremo in queste righe, ci dice quanto sia importante nella vita di ognuno di noi procedere con atteggiamento positivo, senza permettere ai nostri pensieri di condizionarci al punto di non riuscire più a vivere nella maniera desiderata, ovvero in pace e tranquillità.

1 - I tuoi pensieri: fai valere il lato positivo

Sono proprio loro gli artefici di tutto, i pensieri; a seconda della natura che possiedono, positiva o negativa, essi operano nelle nostre vite, influendo così sulle nostre scelte, decisioni e perfino sul nostro stato d'animo. A seconda di quale tipologia di pensiero (negativa o positiva) decideremo di assecondare, subiremo le influenze correlate.

Sempre più spesso ci creiamo problemi inesistenti che non hanno alcun motivo di esistere, purtroppo siamo bravissimi a caricare ogni più piccolo gesto di tanti innumerevoli significati che in realtà non esistono e che solamente noi vediamo.

Un esempio in particolare, lo abbiamo sotto gli occhi in quelle occasioni in cui le nostre parole o azioni vengono fraintese, la maggior parte delle persone anziché imparare a lasciar correre e non perdere il proprio prezioso tempo con queste questioni effimere e di poco conto, si lascia sopraffare non riuscendo a farsene una ragione.

In questo mondo dove il virtuale ruba sempre più spazio alla vita reale, i fraintendimenti possono capitare, un semplice complimento disinteressato viene caricato di malizia, oppure una semplice richiesta di amicizia, viene vista come un tentativo di approccio.

Molti per e-mail mi hanno descritto questa tipologia di episodi, ed il consiglio che mi sento di dare è solamente uno.

Quando ti accadono certe cose, quando le tue intenzioni vengono fraintese o riempite di significati inesistenti, piuttosto che prendertela e stare male senza alcun reale motivo, poniti una semplice domanda:

- È davvero importante?

La risposta ovviamente è una sola ed è "NO", non solo non sono questioni importanti, ma nemmeno meritano la nostra attenzione.

Non nutrire i pensieri negativi, ricorda che la vita è ciclica, i rapporti iniziano e finiscono, le persone cambiano ogni giorno e per evolverci dobbiamo solo capire quanto sia importante far prevalere i nostri pensieri positivi, senza far crescere ansie, paure o paranoie che non hanno alcun motivo di esistere né tanto meno di crescere.

Esistono molti motivi che contribuiscono a far prevalere il pensiero negativo su quello positivo e indovina un po', come per ogni cosa che ci riguarda, la loro origine non è da ricercare fuori, ma all'interno di noi stessi.

2 – Costruisci la fiducia in te stesso

Proprio così, concentrati, se hai così tanto tempo da dedicare a cose che non meritano la tua attenzione, a questioni che non hanno una reale influenza all'interno della tua vita privata, allora vuol dire che devi reindirizzare la tua vita sui giusti binari, mettendo ordine nella tua mente e capendo quali pensieri meritano un posto nella tua testa e quali invece fanno solo parte della troppa e superflua spazzatura mentale.

Il dare tanto peso a questioni superficiali, il nutrire continuamente pensieri e idee negative tendenti solo al farci stare male, indicano una cosa ben chiara, ovvero la mancanza di fiducia e stima che proviamo nei confronti di noi stessi.

Sono tante le cose che puoi fare per ricaricare l'autostima e gettare le basi per vivere meglio e più serenamente, partendo dai metodi più semplici fino ad arrivare a quelli più "complessi".

La cosa fondamentale è questa, devi volerti bene e apprezzarti per ciò che sei, se non sarai tu il primo a credere in te stesso, come potranno mai farlo gli altri.

Ecco una piccola lista di cose che potranno tornarti utili:

- Esercizio

Potrà sembrare strano, ma senza dubbio l'esercizio fisico è la prima cosa da fare per stare meglio e purificare la propria mente, oltre a donare il beneficio di farti apprezzare di più, ti aiuta a concentrarti su qualcosa inerente solamente te stesso.

Impara a capire che prima viene il tuo benessere, solo data la precedenza a questo potrai lavorare in favore degli altri, cura te stesso.

- Dai il giusto peso alle cose

Altra cosa molto particolare ed errore compiuto da molti di noi è proprio il non dare il giusto peso a ciò che ci circonda.

Non farti sopraffare, può capitare che spesso sotto l'influenza delle vicissitudini e a causa del frenetico svolgersi della nostra vita, ci facciamo sopraffare da questioni di poco conto, ingigantendole all'inverosimile, creando così problemi inesistenti e relative paranoie al seguito.

Ridimensiona i tuoi pensieri dando loro il reale significato e la reale importanza che possiedono, alla fine ciò che conta nella vita sono gli affetti che ognuno di noi coltiva durante il proprio cammino.

- Vivi con leggerezza

La leggerezza è la base del quieto vivere, non bisogna prendersi troppo sul serio, la vita è spesso dura e piena di imprevisti se siamo noi i primi a prenderla senza la giusta dose di spensieratezza, rischiamo solo di stare male.

Allontana tutto ciò che è fonte di stress o fastidio e se invece fosse qualcosa con la quale sei costretto ad avere a che fare, impara a non darle maggior peso rispetto a quello che merita.

3 - Conclusione

Alla fine, ciò che rimane da dire è che dobbiamo imparare a essere grati di ciò che abbiamo, senza paragonarci, senza pensare o meglio convincerci riguardo a quanto la vita sia stata ingiusta con noi, una vita tranquilla, accanto alle persone che ami, accanto a coloro che conoscono ogni tuo piccolo segreto e piena solamente di pensieri positivi.

Questa è la mia idea di felicità, circondati di chi ti vuole bene e stai sicuro che come per magia i mille problemi che pensavi di avere, scompariranno.

Dopo l'inverno c'è sempre la primavera, come superare i momenti difficili

"Non vi è miglior insegnante delle difficoltà. Ogni sconfitta, ogni batticuore, ogni perdita, contengono il loro proprio seme, la loro propria lezione su come migliorare le vostre prestazioni la volta successiva."

(Og Mandino)

L'aforisma appartiene ad Agostino "Og" Mandino II (12 dicembre 1923 - 3 settembre 1996) è stato un autore americano, famoso per i suoi successi letterari.

Le sue parole rispecchiano perfettamente quella che dovrebbe essere la nostra reazione alle difficoltà che attraversiamo durante la vita, ovvero non fermarsi a pensare e rimuginare sul perché dei nostri errori, sul come mai abbiamo commesso certi sbagli, semplicemente andare avanti facendo tesoro dei nostri momenti bui che col passare del tempo non saranno più brutti ricordi, ma solamente nuove esperienze del nostro passato, dalle quali attingere per migliorare il nostro futuro, non cadendo così mai più nelle trappole del passato.

1 – Le difficoltà che incontri, saranno i migliori insegnamenti per il tuo futuro

Proprio così, tutto ciò che oggi ti appare arduo, difficile, duro da digerire o addirittura impossibile da superare, sarà la tua più grande risorsa per il futuro.

Molti sono coloro che perdono tempo ed energie con pensieri autodistruttivi e nessuna soluzione in testa per il futuro.

In realtà ogni volta che attraversiamo un periodo buio o triste nella nostra vita, non dobbiamo permettere ai pensieri ossessivi di assalirci, ma vederli invece come un momento obbligato di passaggio per la nostra crescita, ogni difficoltà è un piccolo scoglio da affrontare e superare che ci donerà la possibilità di migliorare noi stessi.

2 – Ogni problema nel tuo presente sarà un dono

Esattamente il dono che ti viene fatto è l'esperienza, ogni problema risolto ti dona nuova esperienza, ci prendiamo troppo seriamente, dimenticando il nostro essere umani, il nostro avere delle debolezze, il nostro cedere alle tentazioni.

Alle volte, spinti dalla giovane età e dal poco giudizio, compiamo scelte che si mostrano nel breve tempo tutt'altro che giuste e ponderate ed anziché capire la loro funzione, e vedere la parte positiva oppure il famoso bicchiere mezzo pieno, siamo portati invece a demonizzarci e a punirci in continuazione, quasi senza sosta.

La verità è che ad ogni azione corrisponde una reazione, non sempre l'azione compiuta è figlia del nostro giudizio, anzi, spesso è figlia di uno stato d'animo ansiogeno oppure dettata dalla rabbia, o ancor peggio dalla solitudine.

Proprio in questi momenti dobbiamo dare alle nostre azioni il giusto peso, senza essere troppo duri con noi stessi. Siamo umani e possiamo sbagliare, però possiamo sempre porre un rimedio, non commettendo più gli stessi passi falsi, ed una volta capito ciò, beh...riusciremo a fare tesoro e perché no a ringraziare noi stessi per aver commesso tali sbagli, usandoli come metro di misura per la nostra maturazione, constatando che ad oggi non compiremo mai lo stesso gesto.

In fondo è solo un discorso di equilibrio, la giusta metafora per la vita di ognuno di noi, siamo tutti alla ricerca di un giusto ed armonioso equilibrio, ed è proprio una volta che troviamo il nostro equilibrio che capiamo cosa veramente è importante, ringraziamo il mondo per averci presentato delle difficoltà e noi stessi per aver avuto la forza di superarle.

Quindi tranquillo, respira e vai avanti, arrivato ad un certo punto della tua vita vedrai che ogni avvenimento avrà il suo perché.

3 – Dopo l'inverno c'è sempre la primavera, dopo la tempesta torna sempre il sereno

Queste frasi non sono solo dei modi di dire, racchiudono invece grosse verità.

È solo dopo che abbiamo perso qualcosa che finalmente ne capiamo il reale valore.

I momenti bui, quelli più difficili sono importantissimi per il nostro sviluppo umano ed emotivo, immagina per un secondo di aver percorso sempre una strada in discesa, senza tentazioni, senza difficoltà e senza problemi, saresti lo stesso ciò che sei adesso?

La risposta è no, non saresti nemmeno l'ombra della persona meravigliosa e capace che sei diventata grazie al tempo e alle sue intemperie.

Hai commesso errori, hai giudicato frettolosamente persone e situazioni, adesso però sai quali sono le cose che non devono essere compiute, la tua capacità di giudizio ne è uscita rinvigorita ed il risultato di tutte le avversità, beh, semplice, essere diventato una persona migliore.

Non rattristarti per gli sbagli e le difficoltà, esse ti trasformano nella versione migliore di te stesso, rifiorisci nella nuova consapevolezza che hai del tuo essere.

Esercitare il distacco, una pratica per vivere meglio

"Distacco non significa che tu non debba possedere nulla. Significa che nulla dovrebbe possedere te."

Ali Ibn Abi Talib

L'aforisma appartiene a Ali Ibn Abi Talib, egli è stato il primo nipote e genero del profeta Maometto, sposandone la figlia Fàtima nel 622.

Con le sue parole ci ricorda quanto sia importante imparare ad esercitare, in maniera corretta, il distacco all'interno della nostra vita.

1-Cosa si intende con il termine "distacco"?

Con il termine "distacco, si intende la capacità che ognuno di noi dovrebbe sviluppare adeguatamente per vivere serenamente la propria vita.

Non intendo il fregarsene indistintamente di tutto e tutti, poiché non è questo il distacco, a differenza di quanto in molti possono pensare.

Quando parlo di distacco chiedo sempre di prendere in esame tutte le nostre sfere di vita, che io divido sempre in tre gruppi:

1 Sfera lavorativa

2 Sfera privata

3 Sfera emozionale

Di queste tre sfere capiamo presto quale rispetto alle altre due dovrebbe avere la priorità, esattamente la numero 3, quella emozionale: va da se infatti che, trattata adeguatamente la nostra sfera emozionale, le altre due ne saranno positivamente influenzate.

Purtroppo, è proprio da qui che parte l'errore più comune, ovvero quello di dare la priorità alla sfera di vita sbagliata, ovvero la prima.

Facci caso, cosa rispondi quando ti chiedono:

"Che fai nella vita?"

Pensaci attentamente, qual è la tua risposta?

La risposta più frequente per esempio è: "Faccio l'avvocato." o ancor peggio "Sono un avvocato." Tramite questa tipologia di risposte si può capire bene quanto sia influente il lavoro all'interno delle nostre vite.

Ed è proprio per un motivo come questo che dobbiamo esercitare un distacco benefico nelle nostre vite, così d non essere noi stessi limitare prima la nostra personalità e addirittura le nostre azioni.

2-Come esercitare il distacco?

Riprendiamo in esame le tre sfere delle quali abbiamo parlato prima, ognuna di esse racchiude i suoi pro ed i suoi contro.

Esercitare il distacco serve proprio a questo, ovvero non dare peso a tutte le cose negative che ognuna delle tre sfere della nostra vita racchiude dentro di sé.

Ci troviamo molte volte nella posizione scomoda di permettere alla nostra mente e ai nostri pensieri di essere inquinati da questioni, giganti nella nostra testa, ma nella realtà dei fatti, la maggior parte di queste sono stupide e profondamente insensate.

Anch'io anni fa mi lasciavo inquinare da tutta la "spazzatura mentale" che il mio cervello si trovava ad elaborare, senza trovare mai una via d'uscita sicura da tutto ciò, finendo quindi per **mettere solamente a repentaglio il mio benessere.**

La scelta che hai di fronte è quindi molto semplice, decidi di stare bene, o continuerai a permettere a tutte le tue insicurezze, paure e negatività di avere la meglio su di te?

Allora adesso, si proprio in questo preciso momento, **scegli di stare bene**.

Una volta fatto questo primo passo consapevole, sarai già abbastanza libero da poter andare avanti con la tua vita, ricordando quindi che i problemi i quali ti frenano e ti bloccano, non solo sono cose di poco conto ma cose che nemmeno meritano la tua attenzione; sai cosa succede se non presti attenzione a tutte le piccole paranoie che ti circondano? Accade semplicemente che spariranno non essendo più coltivate dal senso d'ansia e di insicurezza che ti pervade.

Ti propongo di seguito un esercizio pratico affinché tu possa svuotare la tua mente e liberarla da tutti quei condizionamenti imposti e pensieri negativi che non definiscono chi sei ma frenano la tua vita non rendendoti più consapevole di quanta sia la bellezza che ti circonda.

Prendi un foglio e una penna, pensa a cosa davvero ti preoccupa, a quali sono le tue paure, i tuoi blocchi mentali, insomma prenditi tutto il tempo di cui hai bisogno e poi scrivi tutto ciò che crea confusione nella tua vita, ciò che non ti procura calma e ti destabilizza.

Una volta che hai messo nero su bianco tutto ciò che ti blocca, dividilo a seconda della sfera che occupa: privata, lavorativa, oppure emozionale.

Infine, accanto ad ognuna delle tre sfere, scrivi anche quanto c'è di positivo.

Adesso che le vedi scritte, tutte quante lì su un foglio, analizzale ancor più da vicino, vedrai che tutte queste cose, non sono altro che piccole limitazioni, e che all'interno della tua vita non hanno tutta questa importanza, anzi ti renderai conto facilmente di quanto l'importanza gliela dai tu a furia di tornarci sopra, e soprattutto constaterai che il continuare a guardarle e dar loro importanza vanificherà quanto invece c'è di buono, togliendo la tua attenzione alle positività.

Scommetto che ti stai chiedendo se davvero siano problemi così grandi da non permetterti di vivere la tua vita.

La risposta ovviamente è "NO", adesso liberato da ogni gabbia mentale vai vanti e vivi la tua vita.

3-Abbandona la spazzatura mentale

Giungiamo in conclusione all'ultima fase di questo piccolo esercizio guidato: le cose negative le hai scritte, le hai messe su un foglio in base all'appartenenza della sfera che occupano e, viste accanto alle cose positive, ti sei reso conto che sono grandi solamente perché tu nella tua testa le definisci tali. Adesso decidi di **non smettere mai di volerti bene**; l'equazione è molto semplice, una cosa ti fa stare male, bene, ne hai preso atto allora non c'è bisogno che tale cosa faccia parte della tua vita.

Distaccati quindi da tutte quelle piccolezze che ti ossessionano, non meritano la tua attenzione, non la devono avere, non concentrare le tue energie su quanto c'è di negativo, concentrale invece su tutto ciò che è positivo non fermarti ma vai invece avanti proseguendo con i tuoi obbiettivi, una battuta d'arresto ogni tanto ci può stare, ma non permettere alla tua mente di essere lei stessa a causarti blocchi e insicurezze, attingi invece quanto c'è di positivo da ciò che hai attorno; troppo spesso la tua visione del mondo si è trovata offuscata da tutta la spazzatura mentale che aveva, adesso che te ne sei liberato puoi vedere il mondo sotto una dinamica nuova e magnifica, non privarti del tuo potenziale abbraccia te stesso e i tuoi trionfi, abbandona le tue paure e le tue paranoie, non ti servono per andare avanti.

Adesso che sei libero, usa tutte le tue risorse e non fermarti mai, **la tua mente è uno strumento potente, non permettere più che venga inquinato.**

5 abitudini da abbandonare per essere felici

"Lentamente muore
chi diventa schiavo dell'abitudine,
ripetendo ogni giorno gli stessi percorsi,
chi non cambia la marcia,
chi non rischia e cambia colore dei vestiti,
chi non parla a chi non conosce."
(Martha Medeiros)

L'aforisma appartiene a Martha Medeiros, giornalista e scrittrice brasiliana, nata a Porto Alegre il 20 agosto del 1961.

Questa sua poesia spiega perfettamente quanto sia rischioso cadere preda delle proprie abitudini, senza prendere mai in considerazione l'idea di poterle cambiare.

Ecco quindi le 5 abitudini mentali da dover cambiare assolutamente per riuscire finalmente ad essere felici cose ognuno di noi merita su questa terra.

1 – Basta pensare a cosa vorresti fare, concentrati su ciò che stai facendo attualmente

L'uso del condizionale continua a farci vedere un obbiettivo sempre come irraggiungibile e impossibile, come una cosa ancora più lontana e difficilmente attuabile.

Questa nostra abitudine, se ci pensiamo bene, è solamente un segnale di codardia, se non proviamo, non rischiamo di sbagliare, se non sbagliamo non possiamo prenderci nessuna colpa per quanto accaduto.

Dobbiamo invece imparare a concentrarci su un determinato obbiettivo, non cedere alla pigrizia del momento e non darci per vinti ancor prima di aver provato a seguire una determinata strada.

Non focalizzarti su tutto quello che vorresti, su tutte le cose che vorresti attuare, concentrati su una sola e dai per il conseguimento di quell'obbiettivo il massimo, continua a perseguirlo, magari cascherai, qualche volta ti scoraggerai, eppure vedrai che continuando riuscirai a raggiungere ciò che ti eri prefissato.

2 – Abbandona l'idea di giudicare gli altri

Il giudizio nei confronti degli altri è una delle peggiori abitudini che accomuna noi tutti, ma questa è proprio una delle peggiori abitudini che esistano ed una delle prime dalle quali dobbiamo imparare a liberarci.

Molte volte capita di rimanere incastrati nel giudizio, pensiamo di sapere perfettamente come sono gli altri, anche quando magari non le vediamo da anni, rimanendo quindi attaccati all'idea di ciò che era una persona e non a ciò che è diventata con l'avanzare del tempo.

Proprio per questi nostri errori di giudizio che dobbiamo imparare a tenere a freno la lingua e il pensiero.

Il meccanismo che ci porta a giudicare gli altri ci fa ragionare secondo uno schema ben preciso, schema che però non è mai infallibile anzi tutt'altro, ci ingabbia e non ci permette di vedere la verità che abbiamo di fronte.

Impariamo quindi a dare la possibilità agli altri di farsi conoscere, non per come erroneamente li ricordiamo ma per come sono oggi e per ciò che con il tempo sono diventati.

Impariamo a conoscerne pregi e difetti, domiamo l'idea di giudicare e puntare il dito, godiamoci così le mille sfumature dell'animo umano e delle persone che ci circondano, così facendo saremo più liberi e felici non solo per aver dato a noi stessi la possibilità di conoscere veramente l'altro, ma anche per la nostra crescita personale, divenendo così persone migliori.

3 – Smetti di avere paura; lanciati

Addio felicità, addio opportunità, ecco quello che accade quando non valutiamo nemmeno l'idea di osare, di provare di buttarci in un nuovo progetto.

Ci facciamo bloccare dalla paura e dall'ansia giustificandoci con noi stessi, dicendo che tanto sarebbe stato impossibile, non saremo mai riusciti, non raggiungeremo mai tale traguardo.

L'ansia e la paura ci bloccano, evitandoci di provare quel qualcosa di nuovo, quel qualcosa che col tempo si tramuterà in rimpianto.

Gettiamo al vento i motivi che ci impediscono di agire, proviamo senza pensare a quanto possa essere difficile, per affrontare qualunque scalata dobbiamo affrontare un arduo inizio, per poi scoprire che in fin dei conti, il cammino non era così duro come avevamo pensato.

Osa nella vita o perderai sempre più occasioni.

4 – Non nasconderti, accetta le critiche

Le critiche, chi di noi non ne ha mai ricevute, magari sei stato ffrainteso per le tue azioni, oppure qualche tuo peccatuccio giovanile fa capolino ancora oggi nella mente di chi ti ha conosciuto in quel determinato periodo, eppure ogni volta che riceviamo una critica pensiamo di non meritarla e che la colpa sia degli altri, i quali ci criticano senza alcun motivo plausibile, senza conoscerci e ignorando ciò che siamo adesso.

Se questo in alcuni casi si rivela essere vero, in altri è invece un grossolano errore da parte nostra, dobbiamo accettare le critiche che ci vengono rivolte come costruttive.

Solo facendo questo passo, ovvero considerare le critiche come costruttive che riusciremo veramente a migliorare noi stessi, imparando così dai nostri vecchi errori e mettendo a frutto ciò che abbiamo appreso su noi stessi.

È solo imparando dai nostri errori che possiamo migliorare.

5 – Apprezza veramente te stesso

Infine, un'abitudine che abbiamo è quella di essere estremamente duri con noi stessi, diamo tanto peso ai nostri fallimenti e non ne diamo abbastanza alle nostre vittorie.

Dobbiamo esercitarci invece a non dare troppo peso agli sbagli o agli errori commessi, ormai appartengono al passato quindi sono immutabili, possiamo invece fare del nostro meglio per padroneggiare il nostro futuro, ma sarà possibile solo quando riusciremo veramente ad apprezzare noi stessi, pensando a quanto di buono abbiamo fatto, quante battaglie abbiamo vinto e quante ancora, se consapevoli e pieni di spirito positivo, potremo ancora vincere.

Fai pace con te stesso, accetta ciò che sei stato, ciò che sei e decidi ciò che diventerai, come sempre la scelta è solo nelle tue mani.

Felicità, non cercarla fuori, ma dentro di te

"Il sommo bene, cioè la felicità, non cerca al di fuori mezzi per realizzarsi; è un bene interiore e nasce tutto da sé stesso; diventa schiavo della sorte se ricerca una parte di sé all'esterno."
(Lucio Anneo Seneca)

L'aforisma appartiene a Lucio Anneo Seneca, anche conosciuto più semplicemente con il nome di Seneca il giovane, egli fu un filosofo, drammaturgo e politico dell'era romana.

Con le sue parole ci ricorda qualcosa che spesso dimentichiamo o che troviamo erroneamente più comodo fingere di non sapere riguardo al tema della felicità.

Non la si trova attraverso chissà quali fantomatiche esperienze, non serve prendere un aereo e partire lontano, non serva cercarla fuori da noi stessi, la felicità quella vera, pura e libera nasce e proviene da dentro.

Si hai capito bene, la felicità non viene da fuori ma da dentro di noi, è uno stato d'animo magico e particolare che una volta conquistato presenta solo lati positivi, senza alcun riscontro negativo o controindicazione.

Cos'è la felicità?

Da dove proviene?

Perché tutti noi più o meno consapevolmente ne siamo alla continua ricerca?

Queste sono solo alcune delle complicatissime domande che ci poniamo giorno dopo giorno su un tema così importante, vasto e complicato come quello della felicità.

Iniziamo subito:

1 - Cos'è la felicità?

La felicità è soprattutto uno stato mentale, che a differenza degli altri stati d'animo o mentali che siamo portati a provare, in noi si rafforza e cresce nella stessa misura con la quale ci impegniamo a diffonderla.

So che può suonare strano, ma pensaci un attimo, esiste un'associazione molto particolare che spiega estremamente bene la sfera emotiva della felicità e della infelicità.

E persone più infelici sono spesso, (per non dire sempre), le persone più egoiste. Quando ho evidenziato questa particolarità, sono stato subito contestato asserendo che gli egoisti pensando solo a loro stessi raggiungono più facilmente traguardi come ricchezza, posizione sociale ecc.

Ciò però non è affatto vero, la persona felice non si misura dalle sue ricchezze, dai suoi successi o da tutta questa infinita cerchia di cose; come detto prima, la felicità NON proviene da ciò che è esterno ma da noi stessi. Una condizione economicamente agiata può aiutarti a rilassarti e a non avere preoccupazioni finanziarie, lavorare in una posizione di spicco e di rilevanza può fornirti maggiore sicurezza in te stesso e accrescere la tua autostima; queste sono tutte cose positive, ma esse non vengono raggiunte con l'egoismo, ma con la costanza e la voglia di mettersi in gioco. Nient'altro, nessuna ricetta miracolosa, solamente impegno e fatica, sono questi i due elementi che servono per raggiungere i traguardi stabiliti.

Chi più è egoista è anche più infelice, questo per un fatto molto particolare, più saremo portati a guardare solamente a ciò che è nostro, a ciò che vogliamo e a ciò che secondo noi "ci spetta di diritto", più cadremo in questa trappola e più guarderemo solo alla nostra parte materiale, osservando solamente ciò che ci manca, dimenticandoci così delle magnifiche qualità che possediamo.

Tutte queste considerazioni ci portano dunque alla domanda successiva.

2 - Da dove proviene la felicità?

Questa è la vera domanda, quella che molti si fanno nel corso della vita. Ciò porta a cercare tale stato d'animo lontano da noi stessi, aggrappandoci a tante cose superflue che possono donarci solamente un benessere momentaneo ma non una felicità vera e duratura nel tempo.

Come dicevo, questa è la vera domanda, quella che molti si fanno nel corso della vita, ciò porta a cercare tale stato d'animo lontano da noi stessi, aggrappandoci a tante cose superflue che possono donarci solamente un benessere momentaneo ma non una felicità vera e duratura nel tempo.

La felicità, quella vera è particolare e bellissima, essa non viene nutrita dall'egoismo o dalla ricerca egocentrica incentrata solo su noi stessi.

Essa cresce e vieni nutrita a seconda di quanto noi la esercitiamo verso gli altri; facci caso, quanto riempie di gioia aiutare gli altri, non per un mero tornaconto personale o qualche freddo calcolo matematico, ma solamente per fare del bene gratuito.

La ricerca della felicità è universale, ognuno ha una propria idea riguardo a cosa può o meno renderlo felice, ma alla fine quello che conta non è il cercare a tutti i costi una felicità fittizia.

In realtà si tratta di apprezzare quelle piccole cose che ci fanno andare avanti, di apprezzare l'appoggio di chi ti è vicino, di accettare addirittura la sensazione di oppressione e sconforto come cose che non possono ferirci, ma solo aiutarci a crescere e migliorare, ma soprattutto ciò che fa davvero la differenza è il sentirsi altruista, tendendo una mano a chi ha veramente bisogno.

Questa è la mia idea di felicità, vivere senza farsi problemi inesistenti, non condizionando la mente con cose esterne e realtà negative.

Non vivere pensando a ciò che non hai, a ciò che non è andato come desideravi, alla fine se davvero apprezzi ciò che hai, accettando ogni parte di te, compresi i lati negativi, non avrai limiti.

La felicità cresce se coltivata verso gli altri, questo è un dato di fatto, abbiamo a disposizione la felicità in ogni cosa che ci circonda e che possiamo apprezzare.

Si tratta solo di respirare, fermarci un attimo e assaporare il momento.

Dentro di noi abbiamo la chiave giusta per ogni nostro bisogno, dobbiamo solo imparare a capirlo, vivendo di conseguenza con serenità e fiducia in questo grandissimo e meraviglioso gioco che è la vita.

3 – Relazioni: apprezza te stesso per vivere meglio con gli altri

Prima di cercare altrove, prima ancora di capire il perché certe relazioni hanno tali conseguenze, devi fare una cosa per te stesso, accettarti così come sei, nel bene e nel male, solo in questo modo potrai veramente riuscire a coltivare relazioni piene e degne di questo nome.

Abbandona il superfluo e scopri chi sei veramente

"I ricchi hanno una quantità superflua di cose di cui non hanno bisogno, e che perciò sono trascurate e sciupate, mentre milioni di individui muoiono di fame per mancanza di sostentamento. Se ciascuno possedesse soltanto quello che gli occorre, nessuno sarebbe nel bisogno e tutti vivrebbero soddisfatti. Così come stanno le cose. I ricchi sono insoddisfatti non meno dei poveri." (Mahatma Gandhi)

L'aforisma appartiene al Mahatma Gandhi, (2 ottobre 1869 – 30 gennaio 1948), il quale non ha bisogno di alcuna presentazione, politico, filosofo e avvocato indiano, è stato simbolo della resistenza all'oppressione attraverso la disobbedienza civile.

Con le sue parole, egli ci illumina su un concetto molto particolare, ovvero tutto il superfluo del quale ci circondiamo.

Partendo da questa semplice riflessione, possiamo certamente concludere che non solo chi non possiede niente vive in uno stato di infelicità dovuto alla mancanza dei beni primari, allo stesso modo infatti chi possiede cose delle quali non ha realmente bisogno si troverà a vivere in uno stato anch'egli di profonda infelicità, trovandosi circondato da cose inutili piuttosto che da persone e legami sinceri.

Stesso discorso vale per le nostre emozioni: il trovarci carichi di emozioni negative e di spazzatura mentale capace solamente di immobilizzarci all'interno di una palude energetica, non ci permette di proseguire il nostro cammino, sentendoci impossibilitati e non motivati ad andare avanti, vivendo come in un limbo dove valutiamo solo le nostre scelte errate, senza però prenderci il giusto merito delle nostre scelte positive.

Ma andiamo con ordine:

1 – Elimina tutto ciò che ti circonda di materiale e superfluo

Esattamente, questa è la prima cosa da fare per iniziare un percorso sul nuovo te stesso, osserva casa tua, sii sincero con te stesso, quante cose possiedi che davvero utilizzi, o ancor meglio, quanto di quello che possiedi è realmente utile.

In un periodo storico dove tutto viene fatto passare per irrinunciabile, si perde subito il contatto con ciò che realmente ci serve.

La verità è che chiunque fra noi potrebbe benissimo fare a meno di metà delle cose che possiede, e allora perché si continuano a volere, desiderare e comprare cose?

Per vari motivi, ma quello principale è il più triste: in molti comprano e possiedono oggetti che non sono realmente utili solo per ciò che rappresentano, per poter creare una distinzione fra chi può permettersi tale oggetto e chi invece non può, come se possedere una determinata cosa rendesse persone migliori; è vero invece che comprare oggetti figli di questo ragionamento, è un'azione che non fa altro che abbrutire l'animo umano e indurire la nostra parte più profonda e spirituale.

Getta via ciò che non ti serve, non essere ciò che possiedi, diventa ciò che puoi diventare.

2 – Elimina il senso di colpa e tutte le emozioni negative

Hai presente tutte quelle emozioni negative che vivono nella nostra testa, quali rabbia, rancore, paura del giudizio altrui e chi più ne ha più ne metta, ecco tutte queste negatività, se lasciate vivere e se permesso loro di crescere nella nostra mente, beh finiscono purtroppo col governarci pienamente, si potrebbe quasi dire che finiscono col formare una sorta di schermo, il quale farà continuare crescere ciò che è negativo, non permettendo però a tutte le meravigliose qualità che abbiamo di sorgere.

Questo non perché non le possediamo, ma perché, essendo così presi dal vedere solo la nostra parte più "oscura", finiamo con il convincerci che essa sia la nostra vera natura, che compiamo solo sbagli, che le nostre scelte sono sempre state sbagliate; eppure ciò non è vero, in realtà nessuno può conoscerci meglio di noi stessi, ragion per cui in quei momenti dobbiamo avere la forza di rinascere, di accettare il fatto puro e semplice che non siamo sbagliati, ma esseri umani, ed è proprio a causa della nostra umanità e della nostra imperfezione che prima di raggiungere il nostro vero scopo nella vita, falliamo, ci scoraggiamo, ci rialziamo e ripartiamo, fino ad arrivare un giorno a tagliare il nostro personale traguardo.

Come la natura ci insegna la perfezione si raggiunge attraverso sconfitte e fallimenti.

3 – Dona a te stesso la possibilità di crescere e maturare, cambia la prospettiva che hai di te stesso, fatti un regalo e vivi consapevole di tutte quelle che sono le tue reali capacità

Bisogna iniziare a possedere una prospettiva del tutto nuova, puoi essere ricompensato per esserti attenuto alle tue convinzioni, anche se la cosa a qualcuno può creare problemi.

In fin dei conti, fa parte della natura umana preoccuparsi per il futuro, soprattutto quando temiamo che i nostri desideri non si realizzino, ma arrivare a possedere una nuova prospettiva su ciò che siamo e su quello che realmente possiamo fare, beh, questo ci porterà senza dubbio ad un grosso cambiamento interiore.

Non bisogna avere paura dei cambiamenti; è la vita, piena di cose immutabili e di altrettante in continua evoluzione. Ciò che non cambia mai fa solamente risaltare quello che muta.

Come quando qualcuno entra nella tua vita per rimanere, o qualcun altro invece ne esce per esplorare nuovi sentieri.

Alle volte i cambiamenti più grandi nascono grazie a decisioni impulsive, infine sì, i cambiamenti fanno paura ma sono inevitabili, e sta solo a noi tirarne fuori il meglio.

Cambia dunque la tua prospettiva di vita, cambia la prospettiva che hai di te stesso, ricordati non è mai tardi per voltare pagina; dona dunque la stessa misura e lo stesso valore a quello che fai e a quanto c'è di positivo in te.

Questo sarà il più grande regalo che potrai farti. Non solo ti sarai liberato di tutte le cose materiali che non ti servono, ma anche di tutta quella spazzatura mentale che ostacola il tuo cammino; non sarai più ingannato da ciò che, tutto sommato, ha costituito il tuo normale percorso di crescita ma, con la nuova e più matura consapevolezza sul tuo essere, smetterai finalmente di privarti di tutte quelle opportunità che il mondo ti dona, sii comprensivo con te stesso e accetta il cambiamento, quello che ti porterà a perdonarti, vivere sereno e migliorare a piccoli passi, un giorno alla volta.

Accettare sé stessi: il primo passo per una nuova vita

"Se accetto pienamente il mio stato, troverò la pace. Non mi lamento del fatto che dovrei essere più santo, più bello, più puro rispetto a quello che sono ora. Quando sono bianco, sono bianco, quando sono nero, sono nero, punto e basta. Questo atteggiamento non impedisce che continui a lavorare su di me per poter diventare uno strumento migliore; l'accettazione di sé non limita le aspirazioni, al contrario, le nutre. Perché ogni miglioramento partirà sempre da ciò che si è realmente." (Alejandro Jodorowsky)

L' aforisma appartiene ad Alejandro Jodorowsky (Tocopilla, 17 febbraio 1929) è uno scrittore, fumettista, saggista, drammaturgo, regista teatrale, cineasta, studioso dei tarocchi, compositore e poeta cileno naturalizzato francese.

Le sue parole specchiano fedelmente l'argomento da trattare, ovvero l'accettazione di noi stessi.

Durante la nostra vita possiamo lavorare su molti fronti e su molti aspetti riguardanti il nostro carattere, il risultato però varierà drasticamente, solo se prima saremo riusciti a raggiungere la matura decisione di accettare noi stessi per ciò che siamo, con i nostri pregi ed i nostri difetti, perché, come detto appunto da Alejandro Jodorowsky: "l'accettazione di sé non limita le aspirazioni, al contrario, le nutre. Perché ogni miglioramento partirà sempre da ciò che si è realmente."

1 - Riconosci e celebra i tuoi meriti

L' errore più comune che facciamo è quello di non dare il giusto peso ai nostri traguardi raggiunti e alle nostre vittorie, chiudendoci all'interno di una visione pessimistica, dando ad essi poco valore, vedendole come mete estremamente raggiungibili e per nulla difficili da perseguire, dimenticandoci tutto il lavoro e tutto il sacrificio compiuto per arrivare al tanto agognato raggiungimento.

Così facendo pecchiamo contro noi stessi, non riconoscendo il giusto valore delle nostre azioni e delle nostre fatiche.

Un passo importantissimo da compiere quindi è il riconoscere a noi stessi il giusto merito per le nostre imprese, piccole o grandi che siano non ha importanza, siamo infatti abituati a stupirci e strabiliarci per ogni piccola conquista fatta dagli altri, ma non usiamo lo stesso metro di giudizio con noi stessi.

Impariamo quindi ad adottare lo stesso peso per le nostre conquiste, è normale che raggiunto un obbiettivo, ripensando al percorso, esso possa sembrarci molto più semplice di quanto in

realtà è stato; tuttavia, nella realtà dei fatti e soprattutto in cuor
nostro, sapremo quanta fatica ci è costato e quanta
soddisfazione ci ha dato il raggiungimento di una meta,
mostrandoci le nostre reali capacità e fino a dove possiamo
realmente arrivare.

2 – Accetta i tuoi sbagli

Molti non riescono a perdonarsi gli errori commessi,
continuando in maniera errata a punirsi per cose lontane nel
tempo, le quali non hanno più alcuna attinenza con il presente.

La cosa da fare in questi casi è semplice: cambiare il nostro
punto di vista riguardo agli sbagli, smettere di vederli come
cose irreparabili e non permettere loro di logorarci
internamente, ma dargli invece il peso che loro spetta e
indipendentemente da quanto grosso possa essere stato un
errore, vederlo solamente come un nuovo punto di partenza.
Una delle volte in cui sei caduto, ti sei sbucciato ed hai
imparato una nuova lezione non commettendo mai più in
seguito quello stesso errore, tramutandolo così in esperienza
per il futuro. Così avrai una nuova concezione di ciò che ti
circonda e sarai più maturo proprio grazie a quegli errori che
tempo prima ti sembravano addirittura irreparabili.

Adesso invece sarai grato a te stesso di averli compiuti, perché essi ti hanno reso una persona più forte, migliore e più sicura di te.

3 – Non essere troppo duro con te stesso; non giudicarti troppo severamente

Questa è una frase che mi piace ricordare spesso, ovvero: **"Siamo i peggiori giudici di noi stessi."** Tale frase racchiude una profonda verità: non ci perdoniamo niente, ripensiamo a tutte le nostre sconfitte, mai con la stessa intensità pensiamo invece alle nostre vittorie.

Non dobbiamo giudicare noi stessi tanto duramente, impariamo invece a perdonarci. Spesso desidereremmo di essere infallibili, riuscire in tutto e non commettere mai sbagli, dimenticando la verità più grande: siamo esseri umani e come tali alle volte la ruota girerà a nostro favore, altre volte no; alcune volte saremo al primo posto, altre volte invece perderemo terreno, alla fine ciò che conta veramente è solo l'uso che facciamo del nostro tempo presente, cercando di dare il massimo e vivendo solo il momento presente.

È come se fossimo dei passeggeri su di un treno che guardano il panorama dal finestrino, non dobbiamo osservare il panorama che già ci è passato davanti oppure quello che sopraggiungerà in futuro, basta guardare il paesaggio che ci passa davanti al momento per gustare della sua interezza.

Impara dal passato, vivi nel presente e fanne tesoro per il tuo futuro.

4 – Accetta te stesso, il tuo modo di essere le tue reazioni e le tue sfide

In poche banali semplici parole **accetta te stesso**, con tutti i tuoi difetti e con tutti i tuoi pregi proprio perché è la somma di difetti e pregi che fa di te la meravigliosa persona che sei adesso.

In questo mondo così bello e al contempo così imperfetto, abbiamo attorno a noi qualunque cosa capace di donarci felicità, nei nostri rapporti e in tutto ciò di cui possiamo fare esperienza, e allora perché mai dovremmo essere noi i primi a ostacolarci in questo meraviglioso viaggio?

Accettiamo ogni piccola parte di noi, ciò ci renderà liberi e consapevoli, liberi dalle nostre catene mentali, consapevoli dei nostri limiti e dei nostri margini di miglioramento.

Credi, credi sempre in te stesso, perché nessuno potrà crederci per te o più di te. Sei la somma di tutto ciò che hai vissuto, adesso fermati, respira profondamente ed una volta accettate le tue forze e le tue debolezze, allora vai avanti a testa alta, ben consapevole del fatto che tu sei una persona meravigliosa e che i limiti esistono si, ma solamente nella tua testa.

Vivi sereno, vivi il presente e vivi libero, una volta accettato te stesso, avrai le basi per migliorare e per affrontare sfide che potevano sembrarti impossibili.

Come relazionarsi con gli altri: l'effetto Franklin

"Presta denaro al tuo nemico e te lo farai amico; prestalo al tuo amico e lo perderai".

Benjamin Franklin

L'aforisma poteva essere solamente di Benjamin Franklin, lo scienziato e filosofo statunitense, inventore di numerose invenzioni, fra queste vi è quella che andremo a studiare oggi, l'effetto Franklin.

Con il termine "effetto Franklin", nome derivato proprio dal suo inventore si intende un metodo psicologico atto a far sì che una persona, alla quale non rimaniamo simpatici o addirittura non ci sopporta a causa di punti di vista e di opinioni differenti, da nemica e quindi contraria ad ogni tua scelta o posizione diventi invece un alleato se non addirittura un amico.

In cosa consiste l'effetto Franklin?

Entrando più nello specifico, guardiamo adesso in cosa consiste l'effetto Franklin, come avviene e quali sono gli effetti che ne scaturiscono e vengono prodotti da esso.

In realtà è molto semplice da spiegare, lo si potrebbe definire dicendo che "un favore tira l'altro" oppure "la gentilezza richiama altra gentilezza" e così via.

L'effetto Franklin si basa sul richiedere un favore alla persona che ti ha in antipatia, questo la porrà in una situazione di squilibrio e di dissonanza fra ciò che pensa e ciò che fa.

La persona in questione si sentirà estremamente lusingata, fiera e onorata e quindi il più delle volte non tarderà a cercare di compiere il favore richiesto, sentendosi in una posizione di superiorità.

Tale atto di gentilezza è però dissociante con il punto di vista che ha verso di noi, ed è qui che entra in gioco l'effetto Franklin.

La persona alla quale abbiamo richiesto un favore, per far sparire questa dissonanza forte fra il suo pensiero e il suo agire, sarà portata automaticamente a cambiare il suo punto di vista nei nostri confronti trasformando così il suo atteggiamento negativo e ostile nei nostri confronti in positivo e cordiale, e ciò il più delle volte ci farà acquisire un nuovo amico o comunque conoscere l'altro sotto una luce differente.

Come nasce l'effetto Franklin ?

Si narra che Franklin durante la sua carriera politica avesse un forte oppositore all'interno dell'assemblea legislativa, un grandissimo avversario politico che non faceva segreto delle sue antipatie verso Benjamin Franklin e i suoi punti di vista al livello politico.

Estremamente preoccupato che tale dissapore potesse causargli delle noie future, decise di guadagnarsi il favore e la stima del suo avversario politico.

L'unica cosa che gli venne in mente fu quella di chiedergli un favore, ovvero un libro antico che il suo avversario possedeva, anche se ciò non gli interessava veramente.

Fu così che Benjamin Franklin trasformò un avversario politico inizialmente in un prezioso alleato e successivamente in un amico, un'amicizia che durerà per tutta la vita.

Come utilizzare al meglio l'effetto Franklin?

Puoi trovare parecchi benefici nel provare a mettere in atto questo effetto all'interno della tua sfera sociale, ovvero per tutti quei tuoi rapporti non propriamente idilliaci.

Pensa a quali benefici può portarti tale atteggiamento, pensa dunque a tutte le tue relazioni: sicuramente ce n'è più di una che non va nel verso da te sperato, ci hai pensato? Scommetto che ti è venuto in mente più di un rapporto che non va affatto come desideri.

Allora adesso prova a sperimentarlo con loro e noterai da subito che chiedendo un favore a colui che non è in sintonia con te oppure ti ha proprio in antipatia, il rapporto anche dal punto di vista inconscio subirà una fortissima variazione.

Come detto in precedenza, l'altro si sentirà orgoglioso a causa della richiesta, trovandosi suo malgrado costretto a cambiare il punto di vista che prova nei tuoi confronti, così facendo riuscirai a trasformare coloro che ti sono avversari in potenziali alleati o perché no, in nuovi amici.

E se invece non dovesse funzionare?

Purtroppo, non esistono rimedi miracolosi o pozioni magiche per risolvere i problemi e ciò vale ancora di più per i rapporti umani.

Tieni presenti che i rapporti, quelli veri, non funzionano come nella tv, dove basta un piccolo discorso oppure una chiacchierata veloce a risolvere la situazione e così in poco tempo tutto è chiarito.

Nella vita reale se vuoi veramente recuperare o far funzionare un rapporto non devi stancarti mai, ma continuare incessantemente a combattere per esso.

Pian piano negli anni ti volterai indietro e vedrai che i rapporti che tu non hai voluto recuperare ti peseranno sulla coscienza. Una distinzione invece è da fare per quei rapporti che sono naufragati o che comunque non esistono più non per colpa tua.

Ma se cercherai di fare tutto il possibile per la buona riuscita di un rapporto, beh … allora non avrai niente di cui rimproverarti; impara ad accettare semplicemente che le cose non vanno sempre come previsto o come desiderato, l'unica cosa importante da fare e soprattutto da tenere a mente è che tu abbia fatto tutto il possibile, le azioni che compiamo dimostrano le persone che siamo, fai tutto ciò che è in tuo potere, lavora per fare del bene al tuo prossimo, vivendo così senza rimpianti.

Rancore: abbandonarlo e alleggerire la propria vita

"Che oggi sia il giorno in cui smetti di essere ossessionato dal fantasma di ieri. Portare rancore e nutrire rabbia e risentimento è un veleno per l'anima."
(Steve Maraboli)

L'aforisma appartiene a Steve Maraboli, nato il 18 aprile 1975, è un noto conduttore radiofonico e motivatore.

Con le sue parole ci racconta quello che il rancore porta ad una persona nella realtà dei fatti.

Guardiamo ora nel particolare cos'è il rancore e cosa porta con sé.

1 - Cos'è il rancore?

Il rancore è quella emozione lesiva, che non ti permette di andare avanti con la tua vita.

Il rancore ti priva della concentrazione più pura, quella che viene usata per concentrarsi sui propri obbiettivi e i propri progetti.

Nella nostra mente si ha l'idea che il rancore lo si prova
"giustamente", verso tutti coloro che ci hanno fatto un torto; in
realtà invece è una sensazione che funziona come campanello
d'allarme, ciò vale a dire che quando inizi a provarla non devi
concentrare la tua mente nel trovare un bersaglio verso cui
rivolgere il tuo sentimento astioso, devi cercare invece di
comprendere quali sono i vuoti che ti appartengono ancora
oggi nonostante il tempo continui ad andare avanti, lavora
dunque sui tuoi difetti.

2 - Perché lo si prova?

Lo si prova spesso quando ci troviamo a pensare ad un torto
subito, ad una mancanza di rispetto nei nostri confronti,
insomma a tutti quei comportamenti subiti in grado di minare
al nostri ego e al nostro amor proprio

3 - Svantaggi causati dal provare rancore

Quando provi rancore verso qualcuno, ricorda che stai solo
perdendo tempo.

Pensa quel tuo tempo così prezioso non tornerà indietro,
davvero vuoi gettarlo così, provando rancore e astio verso altri.

Gli svantaggi che provoca il rancore, sono molti, a partire dal fatto che ti sottrae fiducia in te stesso, non ti fa sentire a tuo agio con te stesso, ma soprattutto non ti aiuta a crescere a livello personale.

Abbi il coraggio e la forza di assumere il controllo della tua vita, non c'è posto per il rancore, tu miri più in alto.

4 - Vantaggi causati dalla liberazione

Immagina il rancore come uno zaino pieno di sassi, che ti appesantisce ti rallenta e ti porta a pensare che non esista nella tua mente nessun altro pensiero oltre quello.

Ora ti chiedo come percorri la tua strada con uno zaino così pesante addosso?

Ecco, immagina allora di camminare senza più quel peso addosso, senza quello zaino pieno che ti rallenta e ti deconcentra così tanto.

Che sensazione provi adesso, meraviglioso vero?

Abbandona così i fantasmi del passato, i vecchi rancori e le vecchie ingiustizie, è inutile inseguire tutti i tuoi "perché" e "come mai".

Non sempre c'è una spiegazione a tutto, e non per forza tu hai il dovere di ricercare queste cose.

Proprio su questo principio si fondano molte teorie, ovvero il principio dell'abbandono, del lasciare andare, mettere tutto ciò che in realtà ha poco valore in un cassetto, ricordandosi che nella vita, le questioni importanti sono ben altre.

Questo è un grande passo verso uno speciale tipo di maturità, ovvero quella emotiva, capace di farti discernere tra ciò che veramente ha importanza e valore e quello che invece lo ha solo nella tua testa.

Accetta il consiglio, dai un calcio al passato, accogli il presente e abbraccia il tuo futuro.

Umiltà: i benefici di questa virtù

" Io credo che la prima prova per un uomo davvero grande è la sua umiltà, per umiltà io non intendo il dubitare delle proprie capacità.
Ma alcuni grandi uomini hanno la strana sensazione che la grandezza non sia in loro, ma li attraversi.
Ed essi vedono qualcosa di divino in ogni altro uomo."

John Ruskin

L'aforisma scelto appartiene a John Ruskin, scrittore, poeta e critico d'arte britannico deceduto a Brantwood nel 1900.

Con le sue parole, egli ci fa riflettere su ciò che veramente è l'umiltà, dandoci così una vaga idea di quanto possa essere grande e meravigliosa questa virtù.

Cos'è l'umiltà?

L'umiltà è intesa come l'atteggiamento di una persona che non si sente superiore agli altri senza per questo sminuire il suo stesso valore.

Tale atteggiamento, oggi come oggi, è da considerarsi molto raro, pochissime sono le persone che capiscono l'importanza e i benefici di questo atteggiamento.

Questo perché vi è molta confusione riguardo al significato che viene dato a questa parola, spesso viene associata al silenzio ed alla sottomissione, altre volte scambiata per inadeguatezza e il non sentirsi all'altezza delle situazioni.

Ma allora cosa vuol dire VERAMENTE **essere umili?**

Essere umili significa semplicemente accettare ciò che siamo con tutti i nostri pregi e tutti i nostri difetti, senza per questo sentirci superiori agli altri, tendendo invece la mano e offrendo il nostro aiuto al bisogno ed ogni volta che può risultare utile o efficace.

Molti pensano: ma per quale motivo celebrare l'umiltà quando la società e il mondo moderno celebrano invece l'ego, la spavalderia o addirittura l'arroganza?

È molto facile rispondere a questa domanda. L'essere umili infatti comporta tantissimi benefici, non solo alle persone che la praticano e abbracciano questo "stile di vita", ma anche per ciò che riguarda la sfera delle relazioni sociali.

Quali sono i benefici di questa virtù chiamata umiltà?

Sfera relazionale:

Le persone umili hanno relazioni più sane e migliori per il semplice fatto che accettano l'altro solamente per ciò che è, senza aver bisogno di confrontarsi o competere con l'altro, riuscendo così a non guastare la relazione stessa, facendola invece fiorire e migliorare di volta in volta.

Sfera del giudizio:

Questo è il lato positivo più tangibile ed evidente di chi è umile: le persone umili non giudicano ciò che viene detto o fatto dagli altri cercando significati o dettagli nascosti nella personalità dell'altro; questo perché non sentendosi superiore agli altri e non sentendo il bisogno di provare qualcosa agli altri, non si sente minacciato da chi gli sta attorno, non avendo quindi alcun bisogno di giudicarlo o etichettarlo in alcun modo.

Sfera lavorativa:

Questa sfera potrebbe anch'essa far parte di quei vantaggi relazionali dei quali abbiamo parlato in precedenza, sul lavoro, (come in famiglia, o in ogni altro contesto arricchito da più persone) abbiamo a che fare con una moltitudine di persone differenti da noi e anche tra loro, sul luogo di lavoro sappiamo che sono tante le cause che possono contribuire al malessere della persona, come ad esempio lo stress, la rabbia verso i "superiori", oppure il continuo sottoporsi all'ascolto delle lamentele da parte dei colleghi.

Sappi che la persona umile è estranea a tutti questi fattori di rischio, perché l'umiltà si accompagna facilmente con la calma e la tranquillità. Se sei umile non ti butti a capofitto nelle dispute lavorative, non ti arrabbi con i colleghi per motivi che a mente fredda risultano più che futili e questo perché il tuo temperamento umile rispetto agli altri ti donerà una grande capacità di giudizio e calma d'animo, senza saltare a conclusioni affrettate o puntare il dito contro l'una o l'altra persona.

Sfera dell'autocontrollo:

L'autocontrollo è una cosa che tutti noi in teoria miriamo ad avere e a migliorare giorno dopo giorno; non a caso si dice "la calma è la virtù dei forti". Tuttavia l'autocontrollo di coloro che riversano un'attenzione ossessiva su loro stessi è molto minore rispetto a chi è invece umile, questo perché come già detto l'umiltà va a braccetto con la calma ed è proprio quest'ultima a giocare un ruolo chiave, spingendoti ad analizzare ogni situazione con estrema calma e tranquillità. L'umile diventa una persona ricca di autocontrollo e capacità di adattamento interna in ogni situazione.

Sfera emozionale:

infine siamo arrivati alla sfera emozionale, in questa particolare
sfera, le persone umili si dimostrano più in grado degli altri nel
gestire l'ansia, la paura e tutti quegli atteggiamenti insiti nella
persona che invece vivendo conflitti interni dell'animo non può
riuscire a trovare le sfumature positive che la persona umile
riesce sempre a trovare. Anche quando le cose vanno male o
addirittura sembrano disperate e senza via d'uscita, non
importa quante siano le difficoltà che si troverà ad affrontare,
ma la persona umile in qualche maniera riuscirà sempre a
trovare un modo di andare avanti e vivere al meglio la propria
vita.

Conclusioni:

Come hai visto sono molti i motivi che rendono preferibile la
via dell'umiltà invece dell'amor proprio e dell'ego smisurato
dei quali in questo mondo siamo colmi, fin troppo.

Vivi tranquillo, accetta gli altri per ciò che sono, ricordati di
non dare mai giudizi affrettati e non pensare di conoscere gli
altri o la loro vita, pensando di avere la verità in tasca, ricorda
sempre che non sai cosa è successo agli altri, non hai percorso

la loro strada, accetta ciò che sei con i tuoi difetti e le tue virtù, non metterti in competizione con gli altri, la vera sfida che devi vincere è solo una, **quella con te stesso**.

Come uscire da una relazione senza futuro

"Forse Dio vuole che tu conosca molte persone sbagliate prima di conoscere la persona giusta, in modo che, quando finalmente la conoscerai, tu sappia esserne grato."
(Gabriel Garcia Marquez)

L'aforisma appartiene a Gabriel Garcia Marquez, scrittore, saggista e giornalista colombiano naturalizzato messicano, insignito del premio Nobel per la letteratura nel 1982.

Alle volte durante il corso della nostra vita, può succedere di rimanere intrappolati in una relazione che non ci dà il benessere del quale abbiamo bisogno.

Quali sono le cause che ci spingono tra le braccia della persona sbagliata?

Sono poche le sensazioni sgradevoli come quella provocata dal sentirsi prigionieri in un rapporto, le ragioni del perché ci possiamo venire a trovare in questa spiacevole situazione possono essere molteplici.

1 - Solitudine

Questa è la ragione più diffusa, la paura di rimanere da soli, ti disturba a tal punto dal non farti sentire in grado, o ancor peggio, meritevole di trovare la persona giusta.

Questo particolare timore ha da sempre accompagnato varie persone, durante uno o più periodi della loro vita.

Così, come spesso accade per chi si trova prigioniero di questo stato d'animo, si è portati a stare con la prima persona che capita, senza curarsi veramente di come sia oppure di quanto in realtà sia diversa da noi. Semplicemente, ci si accontenta senza aspettarsi niente di più, commettendo così uno sbaglio che finiremo col rimpiangere per gli anni a venire.

2 - Mancanza di fiducia in noi stessi

Il meccanismo di chi si trova in questa condizione è simile a quello dettato dalla solitudine.

Chi non riesce ad avere fiducia in sé stesso, in ciò che è, finirà col delegare l'opinione che ha di sé stesso a qualcun altro.

Purtroppo, non sempre la persona con la quale ci troviamo, ci aiuta, facendoci trovare nuovamente la serenità e radicando in noi nuova fiducia e stima per ciò che siamo, anzi, nel peggiore dei casi c'è chi approfittandosi della fragilità e dell'insicurezza dell'altro, non gli darà le giuste attenzioni, sminuendolo ogni qualvolta ne ha l'opportunità.

Per questo bisogna essere sicuri di ciò che siamo e consci che per noi stessi meritiamo il meglio dalla vita, senza dare ad altri la "responsabilità" riguardo quello che siamo.

3 - Amore sbagliato sul nascere

Alcune persone sentono già dai primi momenti che quella storia d'amore non è quella giusta per loro, eppure si ostinano ad andare avanti; alle volte ciò è il frutto di situazioni pregresse, oppure di nuove possibilità che ti si aprono davanti accompagnandoti con una certa persona. In altre parole per un discorso di interesse sia esso di carattere economico, sociale, o di altro tipo, ci facciamo andar bene tale relazione, mentendo a noi stessi con frasi del tipo "Sarà diverso", "Tutto questo cambierà" o ancora "Si va beh è giusto un periodo".

Ma tutte queste sono scuse che diciamo a noi stessi per costringerci a vivere all'interno di una realtà insoddisfacente e soprattutto che non è la nostra.

Vincolati e accecati dai pregi e dalle opportunità di una relazione, ci troviamo a perdere di vista ciò che invece è basilare in una relazione, ovvero l'amore e la cura verso l'altro.

Chi si trova in questa situazione, presto o tardi si troverà a tirare amaramente le somme, capendo che qualunque vantaggio si possa trarre da una relazione, diventa inutile, banale e vuoto se non è accompagnato dall'amore puro e disinteressato.

Cosa fare per uscirne?

Quindi la domanda principale è in qualunque situazione io mi trovi, che sia fra quelle elencate o meno, bisogna avere il coraggio verso noi stessi, di ammettere lo sbaglio.

Ci siamo accompagnati con la persona sbagliata e quindi se ci vogliamo bene VERAMENTE, l'unica cosa da fare è uscirne, trovando chi può amarci davvero per ciò che siamo.

1 - Ascoltarsi

Impara ad ascoltare te stesso e i tuoi bisogni, il nostro istinto molte volte ci suggerisce la strada da percorrere, ma non vogliamo seguirla per paura delle difficoltà che si possono incontrare lungo il cammino, non rendendoci conto di diventare così i nostri stessi carnefici.

Lo sai bene se la relazione in cui ti trovi è buona e ti fa stare bene, quindi se non è così, perché non cambiare?

Ciò ci porta dritti al secondo punto.

2 - Accettare le conseguenze

Una volta che ti sei reso conto dello stato delle cose, cioè che la tua relazione è priva di amore, che chi dovrebbe proteggerti ti fa invece del male, (sia esso fisico, oppure verbale), ecco che devi fare il passo successivo, forse il più duro.

Uscire da una **relazione tossica** può richiedere molto coraggio, in primo luogo per via dello stravolgimento che riceverà la nostra vita, a partire dal posto in cui viviamo, dalle nostre abitudini, per arrivare addirittura ad essere intimoriti dal giudizio degli altri.

Non commettere l'errore di molti che arrivano a questo punto, non cadere nella trappola del "nessuno potrà mai amarmi, quindi tanto vale…", no ciò è sbagliato e se non ti deciderai ad andare avanti percorrendo così la tua strada, allora farai un errore che ti accompagnerà per tutta la vita.

Non privarti della felicità, della possibilità di trovare davvero chi sa apprezzarti e ammirarti per ciò che sei, ascolta chiaramente le tue emozioni, non è mai troppo tardi per un nuovo inizio.

"Ma la gente che dirà…?" tu lascia che parlino nessuno vive la tua situazione quindi nessuno può giudicarti.

"E se invece sbagliassi…?" davvero hai paura di sbagliarti? Immagina di rimanere per tutta la vita con una persona che non ti appaga, non ti dona la fiducia e l'amore o le attenzioni delle quali ognuno di noi necessita: davvero hai voglia di vivere infelicemente per tutta la vita?

E dopo…

3 - Nonostante tutto agire

Esattamente: e dopo…

Hai capito che la persona che hai accanto, non ti ama, oppure non ti apprezza per ciò che sei, hai capito che una vita assieme non è possibile se non è presente quell' amore vero e indissolubile che lega due persone e dopo…

Beh, una volta che hai trovato il coraggio di voltare pagina quel dopo, puoi costruirlo TU, senza dipendere da niente e da nessuno, facendo chiarezza su chi sei, trovando chi ti amerà per sempre, qualcuno che in questo momento ti sta solamente aspettando.

Confida nel futuro, riserva sempre grandi sorprese.

Vampiri energetici: come liberarsi di chi ti sottrae energia

"Ci sono uomini tanto abili da trasformare in vantaggio altrui quello che torna a loro favore; e così sembra che concedano ad altri una grazia quando invece sono loro che la ricevono." (Baltasar Gracian)

L'aforisma appartiene a Baltasar Gracian, gesuita, scrittore e filosofo spagnolo del 600, famoso per i suoi scritti e riconosciuto da molti come il precursore dell'esistenzialismo e del postmodernismo.

Con le sue parole egli mette in luce un aspetto fondamentale, ovvero il comportamento di coloro che vengono denominati: "vampiri energetici".

Quando sentiamo utilizzare questo termine, la nostro mente ci fa pensare subito alle persone interne alla nostra vita, ma è un enorme sbaglio **credere che siano solo le persone**. Alle volte il nostro vampiro energetico, ovvero ciò che prosciuga e distrugge le nostre energie, sono situazioni e vissuti, ma andiamo con ordine.

Vampiri energetici: le due tipologie di persone

Le persone che incontriamo durante la nostra vita sono molteplici e tutte differenti tra loro: troveremo chi ci farà stare bene, chi ci farà sorridere, altri ci faranno del male, alcuni saranno solo delle brevi comparse all'interno del nostro cammino.

E poi ci sono loro, i vampiri energetici, essi si distinguono in due categorie, estremamente differenti tra loro, ma ahimè il risultato finale dovuto alla loro vicinanza sarà sempre negativo e lesivo per noi.

Inconscio:

Questa tipologia di ladro energetico, non sa di star prosciugando le nostre energie, non ne è consapevole, semplicemente lo fa senza rendersene conto, infatti questa tipologia di persone riguarda il più delle volte coloro che si trovano a vivere situazioni di svantaggio, (che siano vere o solo da loro presunte, non fa differenza), usando noi, che tendiamo l'orecchio al loro ascolto, come valvola di sfogo riguardo tutto ciò che non va, oppure non è come avrebbero sempre voluto, nella loro vita.

Chi sono?

Ti sarà capitato sicuramente di ritrovarti a vestire i panni del confidente o del confessore di turno, o ancora di essere visto come un appiglio da coloro che in quel particolare momento si trovano smarriti e senza una meta, ad esempio un fratello o un amico, che ti espone continuamente il suo problema.

Ovviamente non dobbiamo per questo non prestare ascolto a chi ne ha bisogno, semplicemente dobbiamo fare un distinguo fra coloro che hanno un bisogno reale e chi fittizio, stando vicini ai primi senza esserne presi in ostaggio, e aiutare i secondi a reagire.

Conscio:

a differenza della prima tipologia, questa sa bene ciò che fa, è perfettamente al corrente di starci usando e ostacolando nel nostro percorso. A questo tipo di persone semplicemente non interessano minimamente i danni che ci stanno provocando, guardando così solamente al loro tornaconto, senza pensare ai danni inflitti a chi sta loro attorno.

Chi sono?

Queste persone, come abbiamo già detto, sono perfettamente consapevoli di ciò che fanno, sapendo bene quali fili muovere per usare le nostre energie a loro vantaggio.

Il più delle volte non ce ne rendiamo conto subito, ma solo con il passare del tempo, dal momento che inizialmente si fanno ben volere, ma piano piano instaurano un clima di malcontento che tenderà a far sentire vuota e impotente la sua preda.

Le 3 regole di base sono queste:

Ricevere e basta: questa è la sua caratteristica principale, non aspettatevi mai che faccia qualcosa per voi, per un vampiro energetico non c'è spazio per nessuno tranne lui; prendendo tutto ciò che può, non darà mai nulla in cambio.

Fare la vittima: la tattica più subdola di questo individuo, si lamenta di ogni cosa, tutto va male e lui focalizza la nostra attenzione su quante cose siano negative e ingiuste all'interno della sua vita. In tale maniera, mossi a compassione, ci troveremo a provare a difendere la sua causa, quando il più delle volte egli ingigantisce un problema da niente solo per guadagnarsi attenzioni

Manipolatore: non c'è molto da spiegare. La manipolazione non è altro che il suo fine ultimo, una volta trascinati dalla sua parte, cercherà di manipolarci e usarci a suo piacimento, cercando così di nutrire il suo ego altamente malato.

Vampiri energetici: il nostro presente e il nostro passato

I nostri vampiri energetici non sono sempre le persone, ma bensì anche le situazioni che viviamo o che abbiamo vissuto.

Se le persone che ci vampirizzano possiamo evitarle o farlo uscire completamente dalla nostra vita, non si può dire altrettanto con il nostro passato o presente, dato che ciò dipende solamente da noi e dai blocchi mentali i quali permettiamo di controllarci.

Presente:

Quando ci troviamo a vivere in un ambiente che non ci piace e che non è il nostro, ecco che allora stiamo permettendo alla nostra vita di governarci, quando in realtà dovrebbe essere il contrario.

Sai quali sono in questo caso i vampiri energetici; sono tutti i nostri "se potessi", "se avessi", "se fossi", non focalizzare la mente su ciò che non hai, ma su quanto di buon c'è nel tuo presente, lavorando così sulla costruzione del tuo futuro.

Passato:

Quando ancora prima di preoccuparci della nostra condizione o di ciò che non va come vorremmo nel nostro presente, perdiamo tempo su tempo a rimuginare sul nostro passato e sulle nostre scelte sbagliate, ma ciò non ha il minimo senso.

Ciò che ha passato, ormai è andato per sempre, quindi perché farsi del male per qualcosa di immutabile, abbandona i vecchi timori e vai avanti non permettere a questa condizione mentale di trattenerti ad una vita che altrimenti non sarà più tua.

In conclusione

Abbiamo visto quali sono i vampiri energetici della nostra vita e per difendersi da loro la risposta è semplice.

1. Non dare retta alle sue richieste assurde

2. Digli sempre di no

3. Quanto ti parla di negatività in genere, tu taglia corto e non lo ascoltare, non dare il minimo peso alle sue parole.

Ecco adesso sai chi sono e come difenderti, la nostra vita può essere meravigliosa e soddisfacente, non dobbiamo permettere a nessuno di modellarla al posto nostro.

Testa alta, guarda avanti e sorridi, il domani è alle porte e può essere come tu lo desideri.

Stupore: le persone possono sorprenderti

"Non importa ciò che guardi ma importa ciò che vedi."

Henry David Thoreau

L'aforisma appartiene a Henry David Thoreau, le sue parole descrivono fedelmente ciò che è lo stupore: esso non lo perdiamo col tempo, ma sta solo a noi scegliere sotto quale punto di vista guardare ciò che ci circonda, se dare le cose per scontate oppure apprezzarle e meravigliarci ogni volta che le notiamo. In fondo possiamo vedere mille volte un tramonto, ma la sua vista non smetterà mai di emozionarci.

Cos'è lo stupore?

Lo stupore è semplicemente il più raro e indescrivibile sentimento che esista.

Lo proviamo indistintamente a seconda dell'età, delle nostre attitudini, delle nostre credenze; per alcune persone è più facile provare stupore, per altri è più difficile, ma è una sensazione universale che può cogliere chiunque.

È marcata la differenza a livello di entusiasmo e di emozione in generale a seconda dell'età nella quale ci troviamo a provarlo.

Età infantile:

Quando si è bambini lo stupore è una componente quasi quotidiana all'interno delle nostre vite, ci accompagna quasi ogni giorno, donandoci la spinta e la motivazione giusta per crescere e divenire un giorno adulti migliori tenendo stretto nei nostri cuori l'entusiasmo dei bimbi che eravamo.

Da bambini la vita è estremamente più semplice e per certi versi appagante, stupiamo i nostri genitori con i nostri primi passi, le prime parole e tutti i primi piccoli ma al contempo grandi traguardi che attraversiamo durante l'età infantile.

Da bambini rimaniamo a bocca aperta per la vista di un arcobaleno, per un piccolo regalo che ci viene fatto, per la scoperta di un nuovo gioco, insomma sono ben poche le cose da bambini che non riescono a meravigliarci.

Età adulta:

Lo stupore può essere dato da varie cose: situazioni, impressioni di momenti, alle volte di attimi; può esserci donato dalle esperienze che facciamo e dalle persone che incontriamo.

Crescendo perdiamo questa bellissima sensazione, alle volte la colpa è del nostro maledetto ego, altre volte invece anche ciò che un tempo ci meravigliava non ci fa più lo stesso effetto.

Proprio per questo commettiamo un errore comune, quello di ricercare lo stupore e la meraviglia collezionando quante più nuove esperienze possibili, ciò non è un male se affrontiamo le nuove esperienze in maniera coscienziosa, ma lo diventa se finisce col non farci più apprezzare o meravigliare di quello che abbiamo vicino a noi, a portata di mano.

Una carezza o un gesto di affetto da parte della persona amata, la sorpresa fatta da parte di un caro amico o di un collega di lavoro, e ancora il tramonto, l'alba, il cielo stellato, insomma tutte quelle cose che col tempo non smetterebbero realmente di stupirci, siamo noi a commettere l'errore di darle semplicemente per scontate togliendo così la magia e la bellezza ad ogni cosa.

Imparare a rimanere bambini:

è ovvio quanto inevitabile: nella vita si cresce, si cambiano opinioni, si matura e se giochiamo bene le nostre carte, giorno

dopo giorno, passo dopo passo, riusciremo a migliorarci
sempre di più.

Il nostro senso dello stupore e di meraviglia avanza di pari
passo con quello della nostra crescita psicologica. Se da piccoli
bastava poco per sorprenderci, nell' età adulta possiamo trovare
ugualmente la magia dello stupore se non ci facciamo
appiattire dal mondo circostante, sono due le categorie in grado
di donarci il tutto.

Lo stupore provocato da ciò che abbiamo accanto:

ci sbagliamo se pensiamo che le gioie della vita vengano
solamente dai rapporti con le persone, abbiamo la felicità
ovunque, in tutte e cose di cui possiamo fare esperienza,
abbiamo solo bisogno di cambiare il modo di guardare le cose.

Tutto può essere una fonte continua di emozione e ispirazione,
solo che col tempo ci abituiamo e non ci meravigliamo più, se
invece ci esercitassimo a vivere VERAMENTE l'attimo.

Per un momento lasciamo da parte tutti i nostri problemi di vita
quotidiana, lasciamo da parte tutte le nostre insicurezze,
tendiamo l'orecchio verso i rumori che la natura ci offre,
teniamo fisso lo sguardo sul vasto e meraviglioso panorama
che ci circonda, non smettiamo mai di ammirare il bellissimo

mondo che abbiamo attorno, tutto alla fine dipende dal modo in cui guardiamo le cose, senza aver paura di dare libero sfogo alle nostre emozioni.

Lo stupore provocato da chi abbiamo accanto:

Le persone possono sorprenderti, ti abitui a pensarle così fisse nei loro ruoli, sempre uguali a sé stesse oppure all'immagine che noi stessi gli abbiamo dato. Poi fanno qualcosa che dimostra che c'è un'altra profondità, un'altra dimensione che non sapevi esistesse.

Non chiudere mai le porte in faccia a nessuno perché non è vero che le persone deludono. Dobbiamo tenere a mente che ognuno cresce e costruisce una propria strada, smettiamo di coltivare l'egocentrismo e rimaniamo sempre aperti ai doni che le relazioni col prossimo possono donarci.

Le persone sono fonte di grande sorpresa e stupore, non dobbiamo etichettarle soprattutto quando non c'è alcun motivo.

Lo stupore è un sentimento estremamente importante nella vita di ogni uomo, lo sperimentiamo spesso da bambini e per i motivi più differenti.

Come già detto in precedenza, andando avanti con la vita, perdiamo la capacità di stupirci e di entusiasmarci come se ad un certo punto delle nostre vite nulla fosse più in grado di sorprenderci e donarci il senso di meraviglia.

Crescere porta con sé enormi benefici, si diventa indipendenti, costruiamo la nostra strada, decidiamo quali interessi e passioni seguire.

Mettiamo giudizio, maturiamo ma col tempo perdiamo una cosa fondamentale: il senso della meraviglia. Ma perché accade ciò?

Alle volte perdiamo l'interesse e lo stupore sentendoci diversi dagli altri che non si emozionano più alla vista di un tramonto, alla vista di una spiaggia illuminata dalla luna, questo perché per tutta la vita desideriamo essere come gli altri non accettando il nostro essere diversi.

Ma quando ad un certo punto vogliamo essere diversi imparando ad apprezzare e stupirci per le piccole cose, è lì che noi vinciamo, avendo lasciato vivere il nostro bambino interiore.

Quindi viviamo con calma e passione ogni giorno ricordando che siamo gli unici in grado di cambiare la nostra vita in positivo, tenendo vivo dentro di noi il fuoco delle emozioni positive.

Ogni rapporto ha bisogno di attenzioni

"Il regalo più prezioso che possiamo fare a qualcuno è la nostra attenzione."
(Thich Nhat Hanh)

L'aforisma appartiene a Thich Nhat Hanh, monaco buddista, poeta e attivista vietnamita per la pace.

Con le sue poche e semplici parole, ci illumina su un fattore fondamentale e troppo spesso dimenticato da coloro che ci circondano, ovvero l'attenzione come dono verso l'altro, che viene vista il più delle volte come una cosa obbligata o imprescindibile nei confronti della persona scelta come compagno o come compagna di vita.

La realtà però è ben diversa, infatti qualunque tipo di rapporto necessita delle dovute attenzioni, alle volte basta poco per far decollare un rapporto, ma allo stesso modo basta non dedicare l'attenzione che l'altro merita per finire col far naufragare qualunque cosa.

1 – Ogni rapporto ha bisogno di attenzioni

Proprio così, non esistono rapporti di serie A o rapporti di serie B; tutti i rapporti che stringiamo nel corso della vita meritano le giuste cure, se essi saranno rapporti non destinati a durare nel tempo, allora non ci sarà niente da fare, d'altronde il tempo toglie ogni imperfezione nelle nostre vite, estirpando tutti quei rapporti nocivi per noi stessi o che comunque hanno fatto il loro tempo all'interno delle nostre vite.

La cosa però cambia quando la durata di un rapporto dipenderà solamente dal nostro impegno. Se doniamo il nostro tempo alle cure di tale rapporto, ed è quel tipo di rapporti che merita la nostra attenzione, può trattarsi di un piccolo gesto, si può riprendere da dove si era rimasti. Soprattutto, in fondo se tieni veramente ad una persona, non vi è nulla di difficile o impossibile, ed è così che diventa facile fare qualunque cosa per una persona alla quale tieni veramente.

Ogni rapporto è a sé, alcuni ci donano felicità, altri tristezza, altri ancora ci fanno capire quanto la vita possa essere meravigliosa o quanto può essere triste.

Se non si dona la giusta cura ad un qualunque tipo di rapporto, dobbiamo aspettarci che prima o poi tale legame finisca con il suo inevitabile scioglimento. In questo caso comunque bisogna solamente accettare il cambiamento, capire che da tale rapporto abbiamo appreso tutto ciò che era essenziale e serviva per il nostro miglioramento.

2 - Tutte le relazioni si evolvono nel tempo

Tutte le relazioni devono evolversi, non puoi fare niente per impedirlo, neanche volendo, ciò non è un bene o un male in assoluto, semplicemente è la normalità, diverso non vuol dire peggiore.

Ci sono dei momenti come quando attraversi un brutto periodo oppure affronti una brutta notizia o devi accettare che il tuo rapporto non è forte quanto pensavi, e sono proprio quelli i momenti nei quali vorremmo che la nostra vita fosse un po' come una sit-com.

Ma la vita non è un film, i rapporti non funzionano come li vediamo in televisione o al cinema, i legami veramente giusti e destinati a durare nel tempo attraversano le stesse difficoltà di qualunque altro rapporto, la grossa differenza è che quei legami importanti non si lasciano sopraffare, che siano quelli di una coppia, di due amici, di due familiari, in ognuno di questi casi all'interno di una determinata relazione, uno dei due si farà forza e ogni volta che occorre lotterà per quel determinato rapporto. Se questo rapporto è giusto e se entrambi i protagonisti sono motivati, uno dei due dirà qualcosa, nascerà una risposta positiva ed allora si potrà riprendere da dove si era lasciato.

3 - I rapporti che contano veramente rimarranno per sempre

Gli altri invece, tutti quei rapporti che sono andati male, che non hanno superato le intemperie del tempo, non saranno stati altro che un banco di prova per ottenere qualcosa di migliore, un modo per migliorare la nostra personalità, per definire il nostro carattere.

Anch'essi però avranno avuto uno scopo ben preciso all'interno della nostra vita, ovvero quello di mostrarci la giusta direzione da prendere, e di conseguenza facendoci maturare e capire quali persone sono nocive e incompatibili per noi, e quali invece perfette per un nostro migliore sviluppo e la nostra crescita come persone.

4 - Conclusione

In conclusione, non essere triste per tutti quei rapporti che si sono persi nel tempo, ricorda invece cosa essi ti hanno insegnato nel bene e nel male, quanto ti hanno permesso di crescere e che se ora come ora non fanno più parte della tua vita, questo è solamente perché non sei più la persona che eri all' epoca.

Rallegrati invece per tutti quei meravigliosi legami coltivati nel tempo che ancora durano, vivi sempre col sorriso, le persone, quelle importanti veramente, rimarranno al tuo fianco per sempre

Ringrazia chi hai accanto

"Qualunque cosa, piccola o grande che sia, diventa un'avventura se viene condivisa con la persona giusta."

Kathleen Norris

L'aforisma appartiene a Kathleen Norris, poetessa americana nata a Washington il 27 luglio 1947.

Con le sue parole, ci lascia intendere quanto importante sia avere accanto la persona giusta per affrontare il viaggio meraviglioso che è la vita.

La vita può rivelarsi dolorosa e difficile da affrontare e inoltre, specialmente quando la si affronta da soli, le difficoltà sembrano essere ancora più grandi.

Per fortuna non siamo completamente soli su questa terra, dobbiamo imparare a cavacela e fare leva sulle nostre sole forze, ma è anche vero che avendo accanto qualcuno di cui possiamo fidarci possiamo sopportare tutte le avversità con maggiore equilibrio e capacità di giudizio.

1 - Tieni in mente chi hai accanto

Usiamo le nostre energie in maniera inopportuna, dando importanza a tutto ciò che è lesivo e distruttivo per la nostra salute.

Non ci fermiamo mai a pensare veramente a quanto le persone che svolgono la funzione di nostri compagni di viaggio, siano utili e fondamentali per noi.

Perdiamo molto più tempo fermandoci a pensare a tutti coloro che all'interno del nostro percorso ci svalutano, ci buttano giù e fanno di tutto per etichettarci secondo la loro visione.

Così facendo finiamo col dare importanza ai nostri detrattori piuttosto che ai nostri sostenitori, condizionando la realtà che ci circonda, trasformandola nella maniera più negativa possibile.

Impara a tenere lontane le persone che non fanno altro che buttarti giù ed etichettarti, questi sono solo loro pensieri, i quali però se presi per il verso sbagliato rischiano di apparire più grandi di ciò che sono realmente, oscurando anche la bellezza che puoi ricevere dalle persone che ti stanno accanto, che credono in te e che non hanno mai smesso di darti fiducia.

Tale premessa è fondamentale per capire che devi dare la giusta importanza alle persone che la meritano.

2 - Come affronti le avversità avendo accanto qualcuno?

Molto semplicemente le cose si affrontano meglio avendo accanto qualcuno di cui possiamo fidarci, al quale poterci appoggiare di tanto in tanto, le volte che sentiamo il terreno mancarci sotto i piedi.

Se ti fermi un attimo a pensarci noterai che in realtà sono tante le persone sulle quali puoi fare affidamento.

L'elenco è molto lungo e include familiari, amici, parenti e quella persona speciale all'interno della vita di ognuno di noi, quella che ci farà vedere sempre il lato migliore delle cose; poi c'è quella persona unica e incredibile che una volta incontrata ci fa capire cosa abbia realmente significato.

E poi c'è lei, quella persona che occupa un posto speciale nella vita e nel cuore di ognuno di noi.

Quella persona in grado di trasformare la tua vita in una meravigliosa avventura.

Siamo persone sempre diverse ed in continua evoluzione, e una volta trovata la persona giusta, la vita diventa di conseguenza molto più semplice.

Ci troviamo quindi ad affrontare le difficoltà con una persona speciale accanto, la quale ci conosce quasi meglio di noi stessi.

La bellezza sta proprio nella complicità che si viene a creare con colei che è al corrente non solo dei tuoi pregi, ma anche e soprattutto dei tuoi difetti.

Cerchiamo la felicità tanto lontano da noi, senza renderci conto di quanto in realtà l'abbiamo vicina a noi.

3 - Ringrazia chi hai accanto

Ringrazia sempre chi decide di starti accanto donandoti il suo amore e le sue attenzioni.

In questo mondo sempre più frenetico, siamo una moltitudine ma ognuno perso nel proprio piccolo universo.

Proprio per questo motivo è così speciale e meraviglioso trovare qualcuno al quale mostrare tutto di noi stessi e farli nel nostro piccolo ed esclusivo mondo.

In fondo è facile mostrare agli altri solo il nostro lato migliore, la vera sfida è mostrare la totalità di ciò che siamo e vedere se veniamo accettati.

Durante il nostro cammino assomigliamo tanto dalle persone con le quali veniamo in contatto, alcuni tirano fuori il meglio di noi stessi, altri il peggio, altre persone ancora invece ti fanno entrare in contatto con le tue qualità e i tuoi pregi più profondi, circondati quindi da tutti coloro che ti donano questa forza, facendoti scoprire la parte migliore di te stesso.

Ci troviamo a tirare le somme, capire quindi chi eravamo e chi siamo diventati.

Forse siamo quello che siamo per le persone che abbiamo accanto, oppure è proprio per questo motivo che le scegliamo.

Tuttavia, quando le troviamo è bene non perdersi.

L'importanza di avere accanto la persona giusta

"La persona giusta riesce a farti innamorare due volte: prima di lei e poi di te stesso"

Detto popolare

L'aforisma è un famoso detto popolare, il quale come tutti i vecchi modi di dire, nasconde piccole verità e infinita saggezza. Ho scelto questa frase in quanto racchiude perfettamente quello che è l'effetto più importante fondamentale e benefico che si ottiene, una volta trovata la persona giusta, che percorra il lungo cammino della vita al nostro fianco… tuttavia andiamo con ordine.

1 – Meglio soli che mal accompagnati
Molte persone specialmente con il passare degli anni, oltre a sentire il peso dell'età che avanza, sentono con esso, anche, sempre più il bisogno o il desiderio di stare con qualcuno, rischiando così (come succede la maggior parte delle volte) di accompagnarsi alla persona sbagliata, trovandosi infine a rendersene conto quando i giochi sono fatti ed ormai sembra

troppo tardi anche per tirarsi indietro.

La cosa importante è non avere fretta nel trovare la persona giusta per noi, altrimenti ci ritroveremo a condividere la nostra vita con qualcuno che in fin dei conti non è la soluzione migliore per noi, ma solo la risposta alla nostra incapacità di accettare la nostra condizione.

Questo punto è molto importante, tieni a mente che prima di trovare qualcuno da amare, e intendo da amare veramente con tutto il cuore, bisogna prima essere in grado di amare noi stessi, per ciò che siamo stati, per ciò che siamo e soprattutto per ciò che saremo in futuro.

Se prima di tutto non ami quello che sei, come puoi pretendere di donare amore ad un'altra persona ?

È quindi estremamente importante che prima di tutto, tu accetti te stesso con i tuoi pregi e con i tuoi difetti, la persona giusta per te apprezzerà anche quelli senza alcuna remora.

2 – Non avere fretta

Una volta che finalmente hai fatto pace con te stesso, accetta il fatto che ci vuole il suo tempo per ogni cosa. Alcuni trovano l'anima gemella fin da piccoli ed è quella che si portano accanto per tutta la vita, altri invece la trovano dopo anni, alcuni in giovane età.

Qualunque sia stato o sarà il tuo caso , ricorda che c'è un

minimo comune denominatore fra queste situazioni, chiunque trova la persona VERAMENTE giusta, la trova quando è in pace con se stesso.

Non buttarti quindi a capofitto in ogni situazione sperando che sfoci in legami eterni e duraturi, non funziona così, in realtà è molto più semplice di quanto possa apparire inizialmente. Quando troverai la persona adatta a te semplicemente te ne accorgerai dal momento che ti sentirai veramente appagato e tutte le più piccole paure e debolezze che potevano attanagliarti in passato, da quel momento in poi, si muteranno in sciocchezze senza alcun valore.

3 – Non precluderti alcuna possibilità

Si dice che ogni consiglio è sempre ben accetto, beh...ecco diciamo che non è proprio questo il caso, sono molti che si privano di un certo tipo di rapporto solo perché terze persone non trovano quella situazione convenzionale, giusta o secondo loro accettabile.

Tu non ascoltare gli altri se la persona dalla quale sei attratto è magari molto più avanti negli anni di te, non devi ascoltare chi ti dice che non è il caso, dato che solo tu puoi sapere se quella è davvero la persona giusta per te.

L'amore non ha età e non ha confini di razza o di ogni altra tipologia se due persone si amano, basta questo a rendere il loro rapporto magico, quello che gli altri pensano o credono sia meglio per te e affar loro, l'amore VERO, ricorda, non è mai uno sbaglio.

4 – Trovare la persona giusta influisce sulla tua vita in maniera positiva

Eccoci finalmente arrivati al punto focale della questione:

- quanto cambia la tua vita con accanto la persona giusta?

- quanto è importante la sua presenza all'interno del tuo quotidiano?

La tua vita cambierà radicalmente e solo in positivo, te lo assicuro.

Tutte quelle paranoie e tutte quelle insicurezze che magari ti hanno sempre accompagnato nel corso degli anni, da quel momento in poi andranno a dissolversi completamente come neve al sole: se per esempio sei una persona che si lascia tormentare dal passato, con la persona giusta accanto capirai che ciò che conta è solo il futuro accanto a lei.

Questo è il primo importantissimo vantaggio: tutto ciò che è superfluo e non è veramente importante per la tua crescita personale, sfavorendo il tuo benessere, non avrà più alcun valore né alcun peso, dal momento che maturerai la consapevolezza che la cosa più importante della tua vita e che aspettavi da tempo, adesso è qui accanto a te.

Sai perché succede questo? Molto semplice: la felicità richiama a sua volta altra felicità, se tu sei sereno e contento della tua condizione e di conseguenza fiero di chi ti sta accanto, riuscirai a vedere solo il lato più bello delle cose, non dando minimamente peso a quelle negative.

I rapporti di coppia sono meravigliosi proprio per questo motivo: si forma un'alchimia profonda fra due persone, di mutuo aiuto e di reciproca fedeltà, basta uno sguardo d'intesa per capire i pensieri dell'altro al volo e quando tornerai a casa la sera, avrai sempre un sorriso luminoso e due braccia aperte per accoglierti in un caldo abbraccio.

Molti nel mio ultimo seminario a Firenze mi hanno chiesto "come mai alcune coppie pian piano si isolano dal resto del mondo?"

Voglio rispondere nuovamente qui a questa domanda. Ecco: questo tipo di coppie non si isola dal resto del mondo, semplicemente si bastano a vicenda.

Si mette spesso in evidenza, da più parti, l'importanza di trovare la propria metà e ciò è esplicativo: un grosso indicatore della felicità di coppia è la capacità di non sentire il bisogno di fare grandi viaggi o chissà quale altra esperienza per stare bene,

solamente perché non ti serve niente per stare meglio, lo hai già
ed è tutto il mondo che per te rappresenta la persona
meravigliosa che ti trovi accanto.
Non avrai alcun bisogno o stimolo a cercare qualcosa di
esterno, le paure e le paranoie passate non influiranno più sulla
tua vita, vivrai appagato avendo accanto a te chi con un solo
sguardo saprà darti ciò di cui hai bisogno e tu farai altrettanto.

4 – Stima di sé stessi, ascolta la tua voce interiore, non il brusio altrui

Un errore molto comune che facciamo nel corso della nostra esistenza è quello ci forgiare la stima che abbiamo verso noi stessi sulla base delle opinioni e delle idee altrui.

Nulla potrebbe essere più errato, dal momento in cui solo tu conosci la tua vita e i passi che hai dovuto compiere, quindi sappi che sei tu il solo ed unico ad avere il potere di definire chi sei.

Ma prima lascia che ti faccia una domanda:

Che tipo di persona sei: sognatore oppure realista?

"Abbiamo tutti le nostre macchine del tempo. Alcune ci riportano indietro, e si chiamano ricordi. Alcune ci portano avanti e si chiamano sogni."
(Jeremy Irons)

L' aforisma appartiene a Jeremy Irons, attore britannico nato il 19 settembre del 1948, famoso per la vittoria del premio oscar come miglior attore nel 1991.

Le sue parole ci fanno capire chiaramente quanto siano importanti i sogni e gli obbiettivi che ci poniamo nella vita e quanto essi diventino sempre più l'ingrediente capace di **renderci felici**.

In questo mondo così bello e vario, esistono due grandi categorie di persone: **i sognatori ed i realisti**, e sono proprio queste due tipologie che andremo ad analizzare, tu **che tipo di persona sei?**

1 - Che tipo di persona sei?

Questa domanda è obbligatoria. Ognuno di noi nutre diverse passioni, ha differenti aspettative ed obbiettivi in questo mondo così caotico e frenetico, all'interno del quale non sembra esserci spazio per l'indecisione.
Ecco qualche piccola domanda da porsi:

- Prima di fissare un obbiettivo, pensi per filo e per segno a tutte le possibili conseguenze?

- Scegli un percorso in base ai tuoi interessi, senza curarti del resto oppure in base alle possibilità economiche?

- Hai spesso la sensazione di sentirti fuori posto?

- Spesso ciò che fai non coincide più col tuo modo di sentire?

A seconda del tipo di risposte che hai dato potrai ben capire se sei un sognatore oppure un realista, ma adesso analizziamo le cose per bene.

2 - I sognatori

I sognatori sono quella tipologia di persone che semplificando al massimo, seguono solamente il proprio istinto, nient'altro, non gli importa di prevedere le conseguenze delle loro azioni, non gli interessa ciò che la gente dirà di loro, non guardano ciò che sarebbe ipoteticamente migliore per il loro futuro, semplicemente seguono una linea che vedono più incline alle loro idee, senza pensare a cosa potrebbe andare storto.
Questo modo di vivere porta con sé tanti pro quanti sono i contro. Ad esempio, un sognatore raramente si troverà a rimpiangere le azioni passate; dato che ha sempre seguito le sue naturali inclinazioni, potrà sempre essere fiero di aver fatto ciò che sentiva giusto dentro di sé.
Altro punto a favore del sognatore è che non si troverà mai a corto di nuove esperienze, dato che sono proprio quelle a motivarlo e andare avanti, ne conosco molti che, nonostante il lavoro ben pagato, la casa, gli amici e gli agi, si sentivano intrappolati all'interno della propria vita e ad un certo punto hanno deciso che non era più quello il loro posto nel mondo e così, abbandonando ogni dubbio ed ogni incertezza, si sono

fatti carico del proprio stato d'animo e sono andati dritti per la loro strada, abbandonando così tutto ciò che poteva risultare loro utile e che a molte persone garantisce la giusta base e tranquillità per costruirsi una vita, realizzando un sogno. Questo per farti capire quanto grande dev'essere stato il loro coraggio per riuscire a gettare via quanto costruito fino a quel momento in favore di una nuova vita.

C'è chi chiama questo comportamento incoscienza, chi pazzia, ma, qualunque nome si voglia dare a tale atteggiamento, dopo i pro, siamo arrivati ai contro del sognatore.

Spesso il suo modo di vivere infatti manca di progettualità, non riuscendo così a realizzare come sperato i progetti messi in piedi fino a poco tempo prima. I sognatori vivono continuamente dei propri sogni rischiando però di prendere dei giganteschi abbagli, i quali a seconda della misura di essi, potrebbero finire col far pentire anche loro, nonostante la naturale inclinazione che possiedono.

3-I realisti

I realisti sono quella tipologia di persone che prima di buttarsi in un'impresa, oppure in una nuova realtà, sentono il bisogno di verificare quanto realmente il loro progetto sia conseguibile, quali rischi si possono correre e quali sarebbero nel caso i premi, una volta raggiunta la meta.

I realisti non amano correre rischi ma desiderano invece curare ogni piccolo particolare fino nei minimi dettagli per non ritrovarsi brutte sorprese in futuro.

Il vantaggio della persona realista deriva dalla sua capacità di calcolo, egli non rischierà mai di trovarsi a mani vuote per la strada che ha scelto di seguire, questo perché essa sarà stata pianificata fino al più piccolo dettaglio.

La loro grossa mancanza sarà quella di essere incapace o restii di fronte alle difficoltà che la vita porrà loro, data la loro scarsa capacità di buttarsi in una nuova avventura senza avere un piano B.

4-Che tipo di persona dobbiamo essere?

Non esiste una risposta giusta a questa domanda. Devi solamente essere te stesso, che tu sia realista o sognatore, l'importante è che tu sia fedele al tuo modo di essere.

Un consiglio però credo sia d'obbligo: devi sapere che non si tratta di una gara fra le due tipologie di persona; entrambe si equivalgono, sono come due facce della stessa medaglia.

Adesso respira e rileggi la domanda iniziale e rispondi: ti vedi più sognatore o realista?

Bene. Ora che hai risposto, circondati di persone che appartengono all'altro gruppo. In fondo se sei un realista sarà positivo essere circondato da sognatori e se invece ti vedi come un sognatore sarà altrettanto positivo per te essere circondato da realisti.

Abbiamo sempre bisogno di equilibrio all'interno delle nostre vite, le persone in questo possono esserci di grande aiuto, trovando così negli altri un grosso aiuto per la nostra crescita personale.
I sognatori hanno bisogno dei realisti che gli impediscano di volare troppo vicini al sole e i realisti… beh, se non fosse per loro i sognatori non si alzerebbero mai da terra.

Il valore di una persona: scopri chi sei veramente

"Quanto vali non può essere verificato dagli altri. Vali perché tu lo dici. Se tieni conto dell'altrui stima per sapere quanto vali, quella è, appunto, una stima altrui."
(Wayne Dyer)

L'aforisma appartiene a Wayne Dyer, scrittore e psicologo statunitense e docente, deceduto il 29 agosto 2015, il suo libro di maggior successo fu: "Le vostre zone erronee", un libro guida che insegna come essere indipendenti nello spirito, liberandosi da tutti i condizionamenti mentali, raggiungendo così la felicità.

Con le sue parole, egli chiarifica il concetto che ogni persona deve tenere a mente quando pensa al proprio valore, ovvero, non sono gli altri a definire chi siamo, ma semplicemente noi stessi.

1 - Come si misura il valore di una persona?

Ciò che sbagliamo, è proprio il nostro approccio, concependo la nostra vita attraverso vari spettri, che sia l'idea degli altri, o ancor più comune lo spettro del lavoro.

Questo è uno degli errori più comuni, concepire l'importanza delle nostre esistenze attraverso il nostro lavoro, orientando allo stesso modo anche l'idea che abbiamo degli altri.

Che lavoro fai, quanto guadagni, come se queste fossero le uniche questioni che determinano il valore dell'altro.

Come diceva Tyler Durden nel famoso film "Fight club":

"Tu non sei il tuo lavoro..."

Quindi torniamo alla domanda iniziale, ovvero "come si misura il valore di una persona?".

Dobbiamo prima fare una distinzione per chiarire **il valore relativo e quello assoluto.**

2 - Valore relativo

Questo tipo di valore è quello che viene attribuito ad una persona limitandosi ad un campo specifico. Ad esempio, per determinare il valore di un calciatore sul campo da gioco, si guarda il suo valore atletico mentre per giudicare un cantante ci si concentra sul suo valore canoro e così via.

Il valore relativo quindi è estremamente particolare e riguarda solo una minuscola parte di quella che è la persona nel suo insieme.

3 - Valore assoluto

Il valore assoluto è invece quello che cerchiamo di dare a noi stessi, per capire chi siamo realmente, quali sono i nostri punti di forza, quali quelli di debolezza ed a differenza di quello relativo, non possiamo ingabbiarlo in singoli campi o tipologie a seconda di ciò che desideriamo valutare.

Incredibile è notare quanto siamo magnanimi e in gamba nel dare un valore assoluto agli altri, e quanto invece siamo duri con noi stessi.

Come avrai capito il valore assoluto può essere tradotto così:

"Oggi quanto senti di valere?"

4 - Ciò che sei

Ti sei mai fermato un attimo a pensare chi sei realmente?

Durante il corso delle nostre vite, ci troveremo più volte a non avere l'approvazione degli altri o ancor peggio ad essere giudicati da coloro che nemmeno ci conoscono.

Sai come si superano questi ostacoli che la vita ci pone davanti? Assumendo la giusta consapevolezza di sé stessi. Infatti lo schema è sempre il solito: se ti dicono per tutta la vita che sei solo un delinquente, allora finirai col diventarlo per davvero! Ma tu hai tutte le potenzialità per uscire da questa situazione e non subirla passivamente, ovvero ricordando ciò che sei, ripeto Ciò CHE SEI, non ciò che altri hanno deciso tu sia.

I tuoi punti di forza sono molti, le capacità per mettere in atto i tuoi piani le hai tutte, sai quindi qual è il vero problema, molte volte non è ciò che gli altri pensano di noi a ferirci, ma il fatto che noi crediamo ad essi e così facendo diamo potere alle loro impressioni, entrando così in un vortice di autocondizionamento distruttivo per noi stessi.

Per questo devi sempre tenere presente chi sei realmente, le tue qualità, i tuoi risultati, i traguardi che hai ottenuto, sono solo queste le cose che meritano veramente la tua attenzione.

Il valore che abbiamo è determinato in fin dei conti solamente da noi stessi, dobbiamo scegliere noi a cosa dare peso e a cosa no, quale opinione merita la nostra attenzione e quale no; il mondo è un posto bellissimo, meraviglioso e pieno di tante persone pronte ad apprezzarti e a riconoscere ciò che sei veramente.

Il valore di una persona è determinato solamente dalle sue azioni e dalla bontà dei suoi gesti verso il prossimo.

5 - Ricorda: siamo in continua evoluzione

Questo ultimo passaggio è molto importante quanto significativo, ogni volta che pensi a ciò che sei, tieni presente che siamo esseri in continua evoluzione, questo è un dato di fatto; ogni anno che passa noi cambiamo, miglioriamo, ci evolviamo e prendiamo così coscienza di quelli che sono i nostri punti di forza, abbandonando le insicurezze.

Ciò che eri in passato non rispecchia chi sei oggi, infatti noi immagazziniamo esperienza e con essa continuiamo a migliorare.

6 - In conclusione

Ti auguro rimorsi! Essi ti fanno sentire che hai sbagliato, ma che l'hai capito. Ti auguro rimpianti! Per le cose belle che ti sei dimenticato di fare, e te ne sei accorto.

Ti auguro paura, perché è da esse che nasce il coraggio, ti auguro entusiasmo, la fonte di tutte le tue speranze.

Ti auguro poi leggerezza, essa terrà assieme rimpianti e rimorsi con le paure e le speranze del tuo futuro.

Accogli nel tuo cuore tutti questi sentimenti, senza farti domande su come si calcola il valore di una persona, vai avanti sorridi, sii felice e ricorda, siamo noi stessi a determinare il nostro valore, nessuno potrà farlo al nostro posto.

5 metodi per accrescere la propria autostima

"Possiamo ottenere l'approvazione degli altri, se agiamo bene e ci mettiamo d'impegno nello scopo; ma la nostra stessa approvazione vale mille volte di più."
(Mark Twain)

L'aforisma appartiene a Mark Twain, scrittore aforista, umorista e docente statunitense.

Le sue parole mettono ben in risalto cosa voglia dire il concetto stesso di autostima, ovvero quel processo soggettivo e duraturo, che porta la persona ad apprezzare e valutare se stessa, conoscendo a fondo il proprio valore.

Spesso molte persone versano in una condizione alquanto precaria riguardo l'autostima, questo perché il più banale e fatale degli errori per esse è lasciare che la percezione che hanno di loro stesse sia più o meno positiva semplicemente a seconda dell'approvazione altrui.

Questo è un errore grossolano e se ci pensi a fondo, capirai quanto sia sbagliato forgiare l'immagine che abbiamo di noi stessi in base ai giudizi derivanti da terze persone.

In questi 5 punti non ti darò alcuna soluzione miracolosa, ma solamente 5 buoni consigli che chiunque al mondo dovrebbe tenere a mente, ricordandosi che ciò che siamo, il percorso che costruiamo e la strada che decidiamo di seguire dipendono solamente da noi stessi. Tieni a mente che nessuno ha il potere di definire il tipo di persona che sei, tranne te.

Detto questo iniziamo.

1 - Gestisci le tue voci interiori

Hai presente tutte quelle "vocine interne" che ti dicono continuamente in cosa sei bravo, in cosa non lo sei, quali obbiettivi potrai raggiungere, quali invece per te saranno insormontabili e così via?

Ecco, sappi che tutte quelle "voci", non sono altro che il frutto di tutti i condizionamenti derivanti dal mondo esterno e quindi la prima cosa che dovrai assolutamente fare è quella di imparare a gestirle.

Tu non sei la proiezione del pensiero altrui, un famoso detto recita così: "Se dici a un uomo, che egli è un delinquente, alla fine lo diventerà per davvero.".

Ciò accade a coloro che danno tale potere alle persone o alla società dalla quale sono circondati, ma tu non sei come tutti gli altri, ogni volta che sentirai queste "vocine" iniziare a ronzarti nelle orecchie, semplicemente non prestare loro ascolto, tenendo a mente che non sono la percezione esatta di te, ma solo quello che altri ti danno come etichetta; il fatto è che però tu non sei etichettabile: dentro di te c'è un mondo meraviglioso di possibilità, sogni e idee. A te la scelta! Farti frenare oppure tirare dritto per la tua strada.

2 - Ricorda gli obbiettivi raggiunti

Questo è un esercizio che faccio svolgere a tutti i seminari, ovvero quello di prendere un foglio di carta e scrivere sopra ad esso tutte le imprese e gli obbiettivi raggiunti.

In questo modo potrai fare mente locale sul tuo stato d'animo, ovvero:

- **Com'eri prima di raggiungere tali obbiettivi?**

- **Ti sentivi all'altezza del traguardo stabilito?**

- **Hai dovuto affrontare pareri discordanti in merito alla tua idea?**

- **Una volta raggiunto ciò che ti eri posto, il tuo stato d'animo ne è uscito rinvigorito?**

Potrai ricordare le proprie vittorie, riconoscendosi i giusti meriti ci aiuta, soprattutto nei momenti di smarrimento, a capire quanta strada abbiamo fatto, quanto è stata grande e profonda la nostra crescita come esseri umani consapevoli, tenendo presente che: siamo esseri in continua evoluzione, ed è solo guardando al futuro con profonda fiducia nei propri mezzi e in noi stessi che riusciremo a migliorarci, senza smettere mai di crescere e di imparare.

3 - Ricorda il tuo valore

Questo terzo punto si sposa perfettamente con il secondo, ricordare ciò che siamo, tenere sempre a mente le nostre potenzialità.

Nel corso della vita, ti sarà capitato sicuramente di fare qualcosa o prendere una decisione che non veniva capita dagli altri, o per la quale nessuno era disposto a darti il benché minimo appoggio.

Tu invece badando solo alla tua idea e al non darti per vinto ce l'hai fatta e questo come ti fa sentire? Beh… a mio avviso è fantastico e rigenerante pensare che senza l'aiuto di nessuno e soprattutto con le tue sole forze, sei riuscito, anche quando non sembrava possibile e sai chi devi ringraziare per questo: solo

una persona e sei vuoi trovare chi ha questo merito, niente di
più semplice, non devi fare altro che guardarti allo specchio.

4 - Trova ciò in cui sei bravo

Lo so, può sembrare banale, ma nella realtà dei fatti, in molti
non cercano il proprio talento, ma si affidano a delle
indicazioni esterne, "Il mio capo dice che mi converrebbe
scegliere A piuttosto che B", "I miei parenti dicono che questa
è la strada giusta per me", e così via.

Questo non lo devi permettere. Quando ti affidi ad altri per
prendere anche importanti decisione vuol dire che non hai
ancora focalizzato la tua strada; per carità, un consiglio è
sempre ben accetto, ma non deve essere già la sentenza
definitiva.

Trovare ciò in cui si è bravi o addirittura si eccelle rispetto alla
massa, è veramente importante, non solo ti infonde sicurezza,
ma ti darà una maggior capacità di strutturare il tuo pensiero e
le tue legittime aspirazioni, senza aspettare alcun comando
esterno, rendendoti finalmente padrone della tua vita. Così
arriviamo al punto numero 5.

5 - Sii padrone della tua esistenza

Renditi consapevole del tuo potere personale, basta con il vittimismo, basta con la sindrome del "io non sono abbastanza".

Entra nella logica che purtroppo nella vita, gli eventi dolorosi capitano e che le difficoltà da superare saranno sempre molte; ciò però non ti giustifica a pensare che "la vita è stata ingiusta con me quindi è normale che io non possa andare avanti". Questo è solo un alibi che si costruisce colui che è timoroso dell'avvenire.

Se entri in questo circolo vizioso, inizierai a credere di non meritarti qualcosa di bello o di migliore.

Armati di pazienza e perseveranza, cerca di vivere la vita che hai sempre desiderato, essendo consapevole che non ti manca nulla rispetto agli altri e che le ore di tempo che hai a disposizione per darti da fare sono le stesse di chiunque altro al mondo.

Hai tutte le qualità per riuscire nei tuoi intenti, allora che ne dici di iniziare a crederci?

Rialzarsi: per vincere bisogna saper perdere

"La felicità più grande non sta nel non cadere mai, ma nel risollevarsi sempre dopo una caduta."
(Confucio)

L'aforisma appartiene a Confucio, filosofo cinese, il quale ha speso la propria vita nell'insegnamento di un'etica individuale e sociale basata sul senso di rettitudine e giustizia, dando forte importanza a sentimenti quali la lealtà e l'empatia nei confronti del prossimo.

Le sue parole ci invitano a capire quanto importante sia il non darsi per vinti e non farsi schiacciare da tutte quelle cose che nel corso della vita, tendono a buttarci giù, ostacolando il nostro cammino ed il nostro sviluppo come esseri umani.

1 – Cosa vuol dire imparare a perdere?

Sconfitta. Questa parola che sembra essere tanto devastante quanto difficile da pronunciare e accettare.

Più esperienze facciamo, più sono le cose in cui ci misuriamo, più facile e frequente sarà ricevere qualche delusione.

Non sempre i nostri piani vanno come stabilito, anzi! Il più delle volte si rivelano più ardui e difficili da realizzare di quanto si possa immaginare; insomma ci facciamo tanti castelli in aria, ma una volta che ci scontriamo con la dura realtà, già tutto ci appare perduto.

Esattamente questo è il motivo per il quale non dobbiamo mai finire col perderci d'animo, accettando semplicemente che alle volte si può perdere, ma è proprio in questi momenti che ci troviamo di fronte ad una grossa decisione: accettare la sconfitta e arrendersi, lasciando perdere tutto ciò su cui abbiamo investito per arrivare fino a lì, oppure non darsi per vinti, capire che una battuta d'arresto ogni tanto ci può stare, l'importante è solamente non arrendersi e non lasciarsi travolgere o intimidire da quanto è accaduto, tenendo sempre lo sguardo teso verso il futuro e su cosa ci potrà donare la vita una volta che saremo riusciti a superare le avversità, le quali del resto non smetteranno mai di presentarsi.

2 – Come accettare la sconfitta?

È inutile fare troppi giri di parole, di qualunque campo si tratti all'interno della nostra vita, digerire una sconfitta non è mai semplice e soprattutto non è immediato.

Rialzarsi, appunto, richiede il giusto tempo; ognuno ha il suo modo di vedere una sconfitta: c'è chi non riesce a farsene una ragione, rimanendo così imprigionato a pensare e ripensare ulteriormente al tutto, a tutti gli sbagli compiuti, a tutte le volte che cadendo non è più riuscito a rialzarsi.

Ricorda però, in realtà non esistono sconfitte, ma solo esperienze di vita, una frase assai veritiera recita così:

"Nessuno ci fa più male di quanto noi ne facciamo a noi stessi."

la tua vita è nelle tue mani, la tua felicità DIPENDE DA TE, da come interpreti ciò che ti accade, dai significati che attribuisci ai tuoi fallimenti, facilmente prendi la vita stessa, con le sue vicissitudini, come un motivo per rimanere al tappeto, quando in realtà dovresti solo vederla come occasione per crescere e maturare.

Dopo una sconfitta, ti senti arrabbiato, senti che tutto ciò è ingiusto, che non è ciò che meritavi, non è ciò che volevi e nemmeno pensavi accadesse.

Così finisce che ti senti stanco, distrutto, demotivato, hai dato tutto e giocato tutte le carte che avevi a disposizione e adesso vorresti rimanere lì, fermo a terra.

Ci è sempre stato insegnato che non esiste niente che si ottenga senza coraggio, impegno e sacrificio. Ciò che però non ci viene insegnato è che alle volte pur mettendoci anima e corpo in un progetto, tutto il nostro impegno e tutta la nostra fatica, alle volte queste cose non bastano, non bastano per assicurarci il risultato tanto desiderato.

Questo accade perché così è la vita: piena di imprevisti e di accadimenti non pianificati e se tutte queste cose ci destabilizzano, ci portano lontano dal nostro obbiettivo, tuttavia dobbiamo accettarle e semplicemente ricominciare a lottare, più tenaci e più forti di prima.

Qualunque esperienza viviamo, positiva o negativa che sia, ci porterà inevitabilmente a fortificarci a maturarci.

3 – Chi può dire se sei un vincente o un perdente?

In fondo pensaci bene e attentamente, chi può dirti se il tuo risultato alla fine dei conti è un successo o un fallimento? Chi ha l'autorità per definire i tuoi sforzi? Chi conosce tutto ciò che hai dato e fatto? Chi può avere l'autorità di giudicarti senza peraltro conoscere tutti i tuoi sforzi, i tuoi ripensamenti, il tuo percorso e tutte le esperienze nelle quali ti sei cimentato?

Solamente una persona e questa persona sei tu: infatti anche quando ti senti un perdente, senti di aver smarrito la via e avere perso di vista i tuoi obbiettivi, ricordati che agli occhi di qualcun altro, tu rimani il vincente.

Non esistono sconfitte ma solo esperienze, è di queste che è composta la vita, e del modo in cui le assimili, le assorbi e soprattutto le vivi.

Per la maggior parte dipende tutto da come interiorizzi queste esperienze, come per ogni cosa sta solo a te intendere ciò che vivi come qualcosa di positivo capace di farti fare un salto in avanti, tramutando ciò che generalmente viene inteso come sconfitta in un nuovo mirabolante inizio atto a far uscire fuori solamente il meglio di te.

Resilienza: cos'è e come utilizzarla al meglio

"Il fallimento è una parte della vita. Il successo non ti insegna niente, ma il fallimento ti insegna la resilienza. Ti insegna a prendere te stesso e a riprovare."

(Sarah Morgan)

L'aforisma appartiene a Sarah Morgan, famosa scrittrice di romanzi rosa, con le sue parole ella ci insegna che il fallimento non è una parte della vita da scartare oppure da dimenticare, anzi, è proprio una parte fondamentale dalla quale possiamo imparare molto su noi stessi e su ciò che siamo, prendendo atto di ciò che è andato storto e andare avanti, non arrendersi mai e credere in noi stessi, ovvero, praticare la resilienza.

Cos'è la resilienza?

Con il termine resilienza, si intende la capacità di far fronte in maniera positiva ad eventi traumatici, di ricostruirsi restando sensibili alle opportunità positive che la vita offre.

Le persone resilienti sono quindi, coloro che trovandosi alle prese con situazioni spiacevoli, gravi o avverse, riescono nonostante tutto, ad adeguarsi fronteggiando e superando le difficoltà, alle volte addirittura contro ogni previsione, riuscendo, nonostante le dure prove superate, a non perdersi d'animo ed uscirne vittoriosi, più forti e sicure di prima.

La resilienza si acquisisce con il tempo e con l'esperienza, un po' come accade ai bambini durante le loro prime sbucciature di ginocchi: le prime volte basta la caduta a spaventarli e vedendo il taglio che si sono fatti, per quanto piccolo possa essere, si spaventano e si mettono a piangere. Col tempo invece non ci fanno quasi più caso, dato che hanno capito dalle loro esperienze pregresse come superare quel piccolo acciacco.

Ecco: in maniera molto semplificata, proprio come la piccola escoriazione per i bambini, una persona andando avanti nel cammino della vita, si trova ad attraversare situazioni spiacevoli; intendiamoci, sarà sempre doloroso e difficile lasciarsi alle spalle traumi come lutti e perdite di persone a noi care, questo è fin troppo ovvio, ma con il passare del tempo "riusciamo a farci le ossa" acquisendo così la profonda capacità di andare avanti, di non farci abbattere dalle difficoltà e di non perdere la nostra identità a causa di un ostacolo più o meno grosso che abbiamo dovuto affrontare.

Come si sviluppa la resilienza?

Come già detto precedentemente la resilienza è una capacità
che si ottiene in due modi: primo fra tutti e forse il più duro è
l'esperienza. Una volta che ci troviamo costretti a dover
fronteggiare situazioni traumatiche e che a volte sembrano
impossibili da poter superare, in realtà esse forgiano il nostro
carattere, e sarà proprio una volta superati questi momenti tanto
duri e difficili, che riusciremo finalmente capire quanta forza e
quanta volontà c'è dentro di noi, meravigliandoci di noi stessi
per la tenacia mostrata, volendo andare avanti a qualunque
costo.

Nel secondo modo invece, la resilienza viene acquisita più
velocemente a seconda dei contesti all'interno dei quali la
persona ha vissuto, in particolare l'ambiente di vita, contesti
educativi e sviluppo psico-affettivo.

Quali sono i benefici della resilienza?

I benefici della resilienza sono quelli di acquisire sicurezza
nelle proprie capacità, soprattutto scovando la nostra forza
interiore, riuscendo a far fronte alle diverse situazioni.

Purtroppo non tutte le esperienze della nostra vita sono
piacevoli, alle volte accadono cose bellissime che ci stupiscono,

dandoci la capacità di sognare sempre più in grande, mentre altre volte veniamo messi alla prova da brutti avvenimenti che ci buttano a terra, facendoci perdere perfino la cognizione di noi stessi.

La resilienza è proprio questo andare sempre aventi nonostante tutto.

Conclusioni

Molti confondono la resilienza con la forza di volontà, quando in realtà sono due cose ben distinte, nonostante vi siano ovviamente delle similitudini.

Con il termine forza di volontà è più comune pensare a ciò che ti fa andare avanti fino al perseguimento del proprio obbiettivo.

Con il termine resilienza, invece si pone l'accento su tutte quelle volte che si cade, tutte quelle volte in cui cadiamo o ci sentiamo sconfitti, contro ogni pronostico ci rialziamo andiamo avanti raggiungendo così un livello più alto di consapevolezza.

La sconfitta o il fallimento non vengono più visti come dei mostri da evitare a tutti i costi, ma come delle normali battute d'arresto che serviranno in funzione di un risultato più grande.

Applicata ai traumi della vita

Fino a qui ne abbiamo parlato in maniera molto astratta, mettendo da parte, (se non con un piccolo esempio), la sua applicazione ai traumi che alle volte sembrano insormontabili.

La sua applicazione potrebbe benissimo essere riassunta nella frase "La vita va avanti". Proprio così. La vita va avanti, è una storia vecchia come il mondo. Ogni volta siamo di fronte a due scelte: o abbandonarci al passato e far si che tutto ci scorra addosso senza avere la forza di reagire, oppure rialzarsi, nonostante tutto andare avanti ed essere ancora una volta fieri di noi stessi per essere riusciti ad affrontare la situazione.

La morale quindi è quella di non disperare mai, non darsi mai per sconfitti e non cedere alle difficoltà che ci vengono poste davanti, in fin dei conti è proprio questa la differenza che caratterizza molti di noi; ovvero chi preferisce arrendersi criticando chi è riuscito a rialzarsi e andare avanti dopo l'ennesima batosta, e chi invece con caparbietà, profonda forza d'animo ed incrollabile fiducia nei propri mezzi continua ad andare avanti raggiungendo così le proprie vette.

Può sembrare strano, ma alla fine abbiamo bisogno solamente di capire, che ogni avvenimento per quanto brutto, per quanto traumatico, non decreta la fine del nostro essere, anzi ci pone di fronte alla grande opportunità di rafforzarci e capire che tutto accade per una ragione, all'inizio certo può sembrare stupido e impensabile, ma proprio grazie al nostro vissuto e alle nostre esperienze più o meno difficili avremo la capacità di aiutare coloro che versano in condizioni simili alle nostre. Magari noi per primi non abbiamo avuto una spalla su cui piangere durante le difficoltà e adesso potremo concedere la nostra agli altri.

Per quanto possa fare male, il passato ci insegna e la resilienza è il nostro strumento per la piena sopravvivenza, consapevolezza e piena maturazione, non giudicare mai gli altri, chiediti solamente se hanno avuto la tua stessa forza e se la risposta fosse negativa, beh...allora tendi loro la mano.

Esercita la "solitudine", conosci te stesso per vivere meglio

"Ci sono giorni in cui la solitudine è un vino inebriante che ti ispira libertà, altri in cui è un tonico amaro, e altri ancora in cui è un veleno che ti fa sbattere la testa contro il muro."
(Colette)

L'aforisma appartiene a Colette, scrittrice e attrice francese, considerata fra le maggiori figure della prima metà del XX secolo.

Con le sue parole ci fa capire quanto la solitudine possa essere uno stato negativo o positivo a seconda di come lo viviamo e del periodo che stiamo passando.

Non credo che le persone siano fatte per stare sole è per questo che se trovi qualcuno a cui tieni sul serio, devi lasciar perdere le cose di poco conto, perché niente è peggiore del sentirsi soli pur avendo un sacco di persone attorno.

Credo che il senso di solitudine sia una delle esperienze più universali, probabilmente ci sono un sacco di persone che provano la stessa sensazione.

Forse è perché ci sentiamo abbandonati da tutti, o capiamo di non essere autosufficienti come credevamo o perché sappiamo che dovevamo comportarci in modo diverso, oppure scopriamo di non essere bravi come credevamo.

Qualunque sia il motivo, quando tocchi il fondo puoi sempre scegliere, lasciarti andare all'autocommiserazione o stringere i denti.

Ci sono poi quei casi in cui passare del tempo con se stessi porta solo vantaggi ed è proprio di questa tipologia di "solitudine positiva" dalla quale voglio iniziare a parlare.

1 - Solitudine positiva

Ci sono persone che al solo pensiero di stare da sole, cadono preda dell'ansia, non riuscendo dunque mai a stare un poco da sole cercando di conoscersi veramente: tutto ciò porta dunque all'inevitabile ovvero a condizionare il proprio essere, il proprio carattere, le proprie idee, la propria personalità in base alle persone circostanti.

Insomma non conoscendo veramente chi siamo, come riusciremo ad avere rapporti veri e sinceri, non saremo nemmeno in grado di sapere cosa potremmo offrire di noi stessi agli altri, non conoscendoci e avendo modellato la nostra persona sulla base delle visioni altrui.

La solitudine positiva insegna proprio questo, ovvero ad apprezzare il tempo che passiamo da soli per conoscere a fondo le nostre idee, ambizioni, sogni e traguardi che desideriamo raggiungere.

Ogni tanto fa bene stare da soli, passare del tempo senza nessuno attorno, solo noi e i nostri pensieri. Passiamo così tanto tempo della nostra vita immersi nel caos mondano e nella frenetica routine giornaliera, da finire col dimenticarci cosa voglia dire stare in pace con noi stessi.

Rimanendo quindi risucchiati in questo vortice finiamo, alle volte, col vivere inserendo una sorta di pilota automatico, compiendo ogni azione senza accompagnarla con l'opportuno significato.

Analizza la tua vita, la tua routine, prenditi il tuo tempo ed i tuoi spazi, inizia con un'ora alla settimana, non costa nulla, immagina un 'intera ora dedicata esclusivamente al rapporto con te stesso, niente PC, niente telefono, nemmeno la TV, solo te che ti distendi sul divano e fai ordine nella tua testa.

Noterai gli effetti positivi se farai entrare questa "ora per te" nella tua routine giornaliera: steso sul divano, nessuna distrazione solo tu che pensi al tuo benessere.

Il passo più importante sarebbe quello di riuscire a fare sempre più cose da soli, senza aver bisogno della presenza fissa di nessuno.

Ciò molte volte non viene fatto, perché siamo immobilizzati da una certa vergogna, la quale ci impedisce di fare molte cose da soli, ma solamente in compagnia, invece fatti coraggio e prova dalle cose più semplici: il tuo carattere ne uscirà molto più rafforzato rispetto a prima, e tu avrai conosciuto qualcuno di davvero importante, te stesso.

2 – Solitudine negativa

questa è la tipologia di solitudine dura, difficile da accettare e da superare. Molti fra coloro che la vivono, sentono di essere sbagliati in qualche modo.

Abbiamo parlato fin'ora di quanto sia positiva la solitudine, per conoscerci meglio ed esplorare I nostri punti di forza, senza aver alcuna influenza esterna attorno.

Cosa succede però quando quella stessa solitudine non è voluta, quando noi ci sentiamo tagliati fuori o ancor peggio abbandonati e non capiti.

Questo è uno stato d'animo universale ed il continuare a provarlo non ci fa vedere le cose con la giusta obbiettività, in molti casi ci sentiamo soli semplicemente perché miopi e non riusciamo a vedere quante belle persone abbiamo attorno.

In questi casi il demone della solitudine si abbatte su di noi, mostrandoci il mondo in bianco e nero.

Veniamo così paralizzati da questa paura incombente di stringere legami, per non rimanere da soli una seconda volta.

Così facendo ci precludiamo la possibilità di stringere nuovi legami, nuovi affetti e nuove relazioni, non tenendo presente che siamo mutevoli ed in continuo cambiamento.

Lasciando così che la paura della solitudine ci precluda dall'innescare nuovi rapporti.

Specialmente in questo mondo così social, fatto di connessioni, chi viene colto dalla solitudine finisce per nascondersi dietro allo schermo di un PC, preferendo la sterilità dei "like" e dei "follower" ai legami costruiti nella vita reale.

Scrolliamoci di dosso la paura accettando la possibilità di rimanere da soli, lontani dai vecchi rapporti in favore della costruzione di nuovi.

3 - Conclusioni

Vi è quindi una particolare magia nella solitudine positiva: il riequilibrarsi, entrare veramente in comunione con noi stessi senza inquinamenti esterni.

Quando invece si presenta l'altra faccia della medaglia, quella della solitudine negativa, l'importante è non cedere e non permettere di farci condizionare dall'autocommiserazione.

Siamo tanti in questo mondo e nessuno di noi è fatto per rimanere da solo, spalanca le porte al mondo esterno senza privarti mai di possibili relazioni future.

Odiare è una follia: donati una seconda opportunità

"È una follia odiare tutte le rose perché una spina ti ha punto, abbandonare tutti i sogni perché uno di loro non si è realizzato, rinunciare a tutti i tentativi perché uno è fallito. È una follia condannare tutte le amicizie perché una ti ha tradito, non credere in nessun amore solo perché uno di loro è stato infedele, buttate via tutte le possibilità di essere felici solo perché qualcosa non è andato per il verso giusto. Ci sarà sempre un'altra opportunità, un'altra amicizia, un altro amore, una nuova forza. Per ogni fine c'è un nuovo inizio."
(Il piccolo principe - Antoine de Saint-Exupéry)

L'aforisma appartiene ad Antoine de Saint-Exupéry, per la precisione al suo famoso libro pieno di insegnamenti di vita, "Il piccolo principe", libro che lo ha reso noto in tutto il mondo.

Le sue parole sono meravigliose e perfette per raccontare la metafora della vita; molte persone rinunciano per sempre alla possibilità di essere felici, colpevolizzando quell'amore mancato, l'amicizia tradita, il tentativo fallito, il sogno che non si è realizzato, smettendo così di credere per sempre in una nuova possibilità, perdendo così per sempre la possibilità di essere felici; la colpa tuttavia non è delle cose che non sono andate per il verso giusto, bensì di noi stessi che, focalizzandoci su quella singola cosa che non si è svolta secondo il nostro desiderio, buttiamo a monte tutte le successive possibilità e opportunità di essere veramente felici.

1 - Odiare è follia

L' odio è uno di quei sentimenti negativi che non hanno senso di essere provati; si prova odio per noi stessi, per le nostre azioni passate, si prova odio per persone incontrate durante la nostra strada, lo si prova nei confronti di chi ci ha ferito, tradito oppure frainteso, in una simile disposizione d'animo si prova odio per le cose più futili, si fraintendono le semplice richieste ed ecco partire il valzer delle paranoie.

La prima cosa da tenere in mente è che nessuno di noi è senza peccato, ognuno di noi ha commesso qualcosa di cui non va fiero, ma questo non vale solo per gli altri, vale anche per te.

Tu stesso non perdoni per episodi accaduti anni prima, rimani attaccato all'idea che hai di una persona con la quale magari hai passato solo qualche mese in compagnia, e nonostante il tempo passi rimani ancorato a vecchi episodi, risentimenti e rancori, che incancrenendosi si trasformano in odio.

Ma sai, tutto quest'odio fa male ad una sola persona, e quella persona sei tu.

Rimanendo prigioniero e schiavo di tale sentimento, non sarai più concentrato sul tuo presente e non potrai quindi goderti il momento che stai vivendo.

Impara che ognuno di noi, sì, ha commesso degli errori, ed ognuno di noi merita il perdono, le persone crescono, mutano, maturano e cambiano ed intanto l'odio ti blocca, mentre la consapevolezza che ognuno merita la felicità, quella si che ti rende libero, perdona i torti, dimentica gli errori e guarda avanti, sperando sempre che ognuno trovi la giusta strada, la sua piccola oasi di felicità, perché dopotutto ognuno la merita.

2 - Donati una seconda opportunità

Piuttosto che focalizzarti sulle cose che non sono andate come desideravi, sugli sbagli fatti oppure a ciò che ti ha bloccato durante il tuo percorso di vita, impara una semplice lezione, LASCIA ANDARE, lascia perdere ogni cosa, tutto ciò che ti blocca.

I rancori, i rimorsi, la mancanza del perdono all'interno della tua vita, sono tutte cose che hanno un potere negativo e evitano solo di farti vivere bene e felice.

Lascia andare tutto ciò che è stato, tutto ciò che riporta la tua mente alla negatività, ogni cosa si è svolta nel modo più opportuno per la tua crescita personale e la tua maturazione come persona.

Hai sbagliato, hai commesso degli errori di valutazione, qualche amicizia non si è rivelata pura come credevi, hai subito qualche batosta di troppo, alle volte solamente per colpa tua, altre invece sei stato travolto dagli eventi, oppure la tua fiducia è stata tradita.

Eppure tutto ciò che ti è accaduto ora si presenta come un dono, il dono di non commettere più gli stessi errori, il dono di fare tesoro delle esperienze passate, e adesso chiudi tutto in una bolla e lascia andare ogni cosa, non ha più attinenza con il tuo presente e tu ora devi concentrarti su una sola cosa, la tua vita, donati una seconda opportunità, donati la possibilità di amare di nuovo, di tornare a sorridere e sentire nuovamente la serenità scorrere dentro di te.

La calma del cuore e dell'animo è ardua da coltivare, ma quando sarai in pace con te stesso, nulla più potrà scaldarti, perché il tuo cuore sarà puro e ricco di buoni sentimenti.

3 - Nessun rimpianto, ogni cosa accaduta ha uno scopo preciso, ed è così che doveva accadere

Esattamente ogni cosa ha un suo scopo preciso, le delusioni ti hanno insegnato che non sempre tutto procede secondo i piani, i fallimenti ti hanno fatto capire che l'importante non è vincere al primo colpo, ma bensì non arrendersi mai fino ad arrivare alla meta.

Le persone che non ci sono più ti hanno comunque donato una risata, e scelto di fare un tratto di cammino (breve o lungo che fosse), in tua compagnia.

L' esperienza ti dona la saggezza, ma attenzione a non prenderti troppo sul serio, non sentirti mai arrivato al punto da non avere più niente da apprendere, o nella condizione che nessuno abbia più nulla da insegnarti.

L' umiltà è una cosa rara, e ci vuole un uomo molto saggio per capire che l'umiltà è la luce che ti permette di scorgere il bene negli altri.

Ognuno combatte una propria lotta personale, ed alla luce dell'esperienza che hai acquisito, usala per tendere la mano a chi ne ha bisogno. I gesti di genuina bontà disinteressata, ecco quelli fanno di noi persone migliori! Sii quel che fai, pensa solo a fare del bene, ciò che doniamo torna sempre indietro.

Non hai bisogno dell'approvazione degli altri

"Se cerchi continuamente approvazione all'esterno non sarai mai felice. Siamo tutti diversi e percepiamo e viviamo le cose in modo diverso, ma la tua reputazione non è qualcosa che puoi davvero controllare. La tua reputazione non è nelle tue mani perciò smettila di cercare di piacere a tutti e inizia a fare le cose per te stesso."
(Wayne Dyer)

L'aforisma appartiene a Wayne Dyer, il quale è stato uno psicologo e scrittore statunitense.

Con le sue parole egli ci fa capire quanto inutile e dispersivo sia il cercare di ottenere l'approvazione da parte di tutti coloro che incontriamo durante il nostro cammino, questo semplicemente perché la reputazione è un qualcosa che non è nelle nostre mani, non possiamo pretendere che gli altri percepiscano la realtà esattamente allo stesso modo in cui la percepiamo noi.

1 – L'approvazione degli altri non è un tuo bisogno

Proprio così, non hai bisogno dell'approvazione altrui, siamo tanti in questo mondo, ognuno con i suoi problemi, ognuno con le sue idee e ognuno percepisce la realtà che lo circonda in maniera estremamente personale e soggettiva.

Se la tua autostima e l'idea che hai di te stesso dipendono direttamente dall'opinione e dall'approvazione altrui, pensaci un attimo, come sarebbe realmente la tua vita?

Dobbiamo essere sicuri di noi stessi, dei nostri mezzi e di ciò che siamo, non possiamo dipendere dall'approvazione e dalle percezione altrui.

Se dipendessimo da ciò, allora resteremo immobili senza fare mai nessun passo avanti, la sicurezza e la percezione che abbiamo di noi stessi non deve MAI e in nessun modo dipendere dal giudizio o dall'approvazione altrui.

Come recita un famoso di Charlie Chaplin "Ti criticheranno sempre, parleranno male di te e sarà difficile che incontri qualcuno al quale tu possa piacere così come sei! Quindi vivi, fai quello che ti dice il cuore, la vita è come un'opera di teatro, ma non ha prove iniziali: canta, balla, ridi e vivi intensamente ogni giorno della tua vita prima che l'opera finisca priva di applausi."

2 – Solo tu conosci il tuo percorso

Un altro aforisma molto celebre recita invece "Prima di giudicarmi, indossa le mie scarpe, affronta le mie scelte e compi le mie azioni."

Quanta saggezza racchiude questo piccolo e breve aforisma, nessuno conosce la nostra storia, le difficoltà affrontate e il perché delle nostre scelte.

Non c'è nulla di male a voler risultare persone migliori, il problema c'è invece quando noi stessi dipendiamo da questa opinione altrui. Pensaci! Non puoi delegare agli altri la tua felicità.

Quindi essendo tu l'unica persona che conosce il percorso fatto fino a questo momento, perché delegare una cosa importante come l'approvazione a terze persone?

Cerchiamo così tanto l'approvazione degli altri da diventare vuoti e smarrirci senza renderci conto del nostro effettivo valore, non cercare l'approvazione della gente, sii invece tu ad apprezzare te stesso, il resto non conta.

3 - Agisci facendo il meglio che puoi

Esattamente ogni azione che compi, ogni cosa che fai,
concentrati e svolgila al meglio, impegnati per ciò che credi e
senti importante, una volta che sei libero dal condizionamento
mentale proveniente dal bisogno di piacere agli altri, allora sì
che potrai davvero fare ciò che ti aggrada per una sola persona,
mettiti al primo posto, senza dare importanza al brusio delle
persone.

4 - Non puoi piacere a tutti

E' così: è una cosa impossibile oltre che un'ambizione stupida,
fai le cose per te stesso e nessun altro, non si può piacere a tutti,
non mi stancherò mai di dirlo, le persone e i rapporti sono in
continua evoluzione, non puoi indossare queste catene e far
valere la tua felicità in base a quanti ti apprezzano e
riconoscono il tuo valore.

Alcuni ti ammireranno, altri ti odieranno, altri ancora
penseranno solo male di te, altri invece penseranno solo il
meglio possibile, ma sai qual è la cosa importante e l'unica
della quale preoccuparti, cosa pensi di te stesso?

5 - Siamo tutti uguali, nessuno ti è superiore o inferiore

Proprio così, indipendentemente dai risultati ottenuti, non commettere mai l'errore di sentirti superiore o inferiore nei confronti di nessuno, tieni a mente che la vita non è una gara, non c'è nessun premio e ognuno di noi incontra difficoltà specifiche sul proprio cammino.

Gli unici con cui doversi confrontare siamo noi stessi, chi eravamo quando la maturità non aveva ancora fatto capolino nelle nostre vite e chi siamo invece adesso.

6 - Scova i tuoi punti di forza

Ognuno di noi ha delle qualità e delle capacità uniche, caratteristiche proprie e di nessun altro, ecco proprio quelle devono essere i tuoi punti di forza non per approvazione, non per meriti, ma solo per te, ecco per cosa devi prendere decisioni, **Prendi una decisione per te stesso e non in base al giudizio degli altri.**

Nessuno vale più di noi e nessuno meno di noi, l'unico traguardo che tutti vogliamo e ci meritiamo è quello di una vita tranquilla e felice, ricordalo sempre.

Come credere in sé stessi

"La stima di sé è il contenuto più profondo della vita umana."
(Sándor Márai)

L'aforisma scelto è di Sándor Márai, lo scrittore ungherese con
le sue parole vuole trasmetterci un profondo messaggio.
La stima che hai di te stesso, può essere definita senza
esagerare come il punto d'inizio e il più importante del tuo
cammino.
Molte volte ci fermiamo a metà di un progetto, non lo portiamo
avanti o ancor peggio ci limitiamo a sognarlo senza arrivare
mai fino in fondo, alle volte ciò avviene per il nostro continuo
procrastinare, altre invece solamente perché in maniera ottusa
non crediamo in noi stessi.
Troppe volte siamo convinti che i nostri sforzi non verranno
mai ripagati e che ciò in cui crediamo non si avvererà mai,
eppure non vi è pensiero più sbagliato al mondo, pensa anche
solo per un attimo ai tuoi idoli, a coloro che sono riusciti ad
ottenere risultati anche molto importanti, bene. Ora ricorda che
chiunque al mondo inizia dal basso.
In breve ti dirò cosa a mio avviso può aiutarti affinché tu abbia
fiducia nei tuoi mezzi, tieni a mente che la pazienza non è mai
troppa e fa sempre bene averne una buona dose.

Scegli un obbiettivo e impegnati.

Semplice e chiaro come concetto, fai mente locale, scrivi su un foglio ciò che sai fare con le tue qualità e per i tuoi obbiettivi.

Ognuno di noi ha mediamente cinque obbiettivi che vuole raggiungere a tutti i costi, ma non ne realizza nemmeno uno proprio per questo provare a portarli avanti tutti contemporaneamente, ma tu non sei come tutti gli altri perciò adesso scegline uno ed uno soltanto, sapendo che non si realizzerà dall'oggi al domani, dai tempo al tempo e ora dedica almeno un'ora al giorno del tuo tempo per il tuo traguardo; se credi di non avere abbastanza tempo da non trovare nemmeno un'ora libera, magari prima di andare a letto o appena sveglio, vuol dire che quello che hai in testa non è un tuo vero obbiettivo, ma solo un capriccio momentaneo.

Scegli quindi un obbiettivo e dedica un'ora al giorno al suo raggiungimento (ciò va bene per iniziare, ma se la determinazione sarà tanta e se sarai motivato, vedrai che naturalmente donerai sempre più tempo al raggiungimento del tuo scopo).

Ricorda la persona che sei.

Ti starai chiedendo cosa c'entra questo col credere in me stesso, invece ti mostrerò che è un punto fondamentale.

Un fatto fondamentale che spinge molti a rinunciare e ad essere sfiduciati di loro stessi è il confrontare i propri traguardi con quelli degli altri, e ancora il pensiero fisso che ormai è impossibile raggiungerli per i più disparati motivi.

Non guardare mai a ciò che dicono o fanno gli altri, ma pensa invece a impiegare le tue forze per fare ciò che ti appassiona.

Ricorda che un altro dei vari motivi che blocca la fiducia in te stesso è il non ricordarti mai delle grandi cose che hai fatto e fai tutt'ora, noi siamo i peggiori giudici di noi stessi, duri con la nostra stessa persona, ma estremamente comprensivi quando si tratta degli altri, rischiando così di non dare il giusto peso alle nostre azioni, anzi vederle come scontate.

La fiducia in se stessi è un processo graduale ma il focalizzare la mente su un obbiettivo, tenendo a mente tutti i tuoi traguardi e tutte le tue azioni degne di nota, ti aiuterà a costruirla in breve tempo; dato che sarai occupato corpo e mente in un obbiettivo, non avrai nemmeno il tempo di sabotarti.

Pensa alle cose che incidono negativamente sulla tua sicurezza.

Quindi ti ripeto: prendi un pezzo di carta e scrivi tutte le cose che pensi ti impediscano di avere più fiducia in te stesso; per esempio, i brutti voti, l'introversione, non avere molti amici, eccetera.

Ora chiediti questo: è proprio così? Oppure sono solo una tua impressione? Per tua informazione, le risposte sono rispettivamente "no" e "sì".

Non ha alcun senso che quella sola cosa incida così negativamente sulla tua autostima.

Ricorda che non sei l'unico ad avere questo problema.

Alcune persone sono brave a nasconderlo, ma quasi tutti hanno, a un certo punto, dovuto affrontare le loro insicurezze.

Se ti viene in mente qualcuno che ritieni una persona sicura al 100%, è molto probabile che ci siano delle situazioni in cui non lo è.

Raramente siamo completamente sicuri di noi stessi.

Soprattutto, la cosa più importante, smetti di paragonarti a tutti gli altri.

Non si tratta sempre di una competizione e guardare sempre alla vita in questo modo ti logora.

Non devi essere la persona più intelligente, più bella e più popolare del mondo per essere felice.

Se hai una forte vena competitiva che non puoi ignorare completamente, prova invece a competere con te stesso e sforzati di migliorare.

Costruisci la fiducia in te stesso porgendo la mano a chi ti sta intorno.

Prenditi del tempo per fare un complimento a qualcun altro o una buona azione inaspettata.

Potrai illuminare la loro giornata e ti sentirai meglio con te stesso.

Quando diventi una fonte di positività, gli altri cercano di rimanere intorno a te, rafforzando le buone vibrazioni.

Rischia.
Alle volte l'unica via d'uscita è affrontare le situazioni. Per migliorare la tua vita, devi fare delle esperienze che ti costringano a imparare. Se continui a fare quello che hai sempre fatto, non migliorerai in alcun ambito.
Ricorda che devi rischiare per crescere, alle volte il fallimento sarà inevitabile, può succedere, ma ciò non ti deve importare. Ciò che conta è rialzarsi.
Succede a tutti di fallire, ma non tutti riescono a rialzarsi.
Il fattore che determina l'aumento della propria autostima è la capacità di tornare in pista, e per imparare a rialzarsi è necessario cadere.

Pensa positivo.
La causa delle tue insicurezze in determinate situazioni è dovuta spesso alla negatività della tua voce interiore.
Impegnati a fare in modo che quella voce ti dica cose positive in quei momenti.

Cerca di essere grato per quello che hai.
Spesso, all'origine dell'insicurezza e la mancanza di fiducia c'è la sensazione di non avere abbastanza, che si tratti di buona fortuna o denaro capitato per caso eccetera.
Riconoscere e apprezzare ciò che hai ti permette di combattere la sensazione di incompletezza e insoddisfazione.

Essere capace di trovare quella pace interiore farà meraviglie
per la tua confidenza.

Lascia che la fiducia in te stesso sia più forte dei tuoi dubbi

"Non lasciate che il rumore delle opinioni altrui zittisca la vostra voce interiore. E, ancora più importante, abbiate il coraggio di seguire il vostro cuore e la vostra intuizione: loro vi guideranno in qualche modo nel conoscere cosa veramente vorrete diventare. Tutto il resto è secondario."

(Steve Jobs)

L'aforisma appartiene a Steve Jobs, una delle menti più grandi del nostro tempo.

Ho scelto questa sua frase perché rappresenta perfettamente il messaggio inerente la fiducia in noi stessi.

La nostra mente è sempre più condizionata da sensazioni e pensieri che non ci appartengono, che non sono nostri, ma soprattutto lasciamo che ci influenzino e ostacolino la fiducia in noi stessi cose che sono al di fuori del nostro controllo.

1-Ciò che è fuori dal tuo controllo, non deve avere il potere di ostacolarti.

Esattamente ognuno di noi attraversa delle fasi all'interno della propria vita.

Non bisogna essere troppo duri con noi stessi, tutti noi affrontiamo un processo di crescita e maturazione, un processo luogo e ardimentoso che non finisce mai, e si chiama vita.

Abbiamo un'età nella quale è giusto e normale fare errori, vi è poi un'età nella quale esploriamo noi stessi, capiamo quale sia la nostra direzione, quale invece il nostro posto nel mondo.

Non serve quindi condannarsi per qualcosa che rimane nel nostro passato senza avere alcuna attinenza col nostro presente, se non quella di averci insegnato cosa faccia al caso nostro e averci donato un bagaglio di esperienze tale da poter gestire con facilità tutte quelle cose che un tempo in cui la nostra maturità non era ancora del tutto sviluppata, potevano spaventarci.

La domanda quindi è la seguente:

-Perché ci limitiamo nel raggiungere i nostri obbiettivi?

Semplice, perché doniamo importanza a tutte quelle piccolezze che importanti non sono.

Il brutto ricordo di un'esperienza negativa, quella figuraccia fatta anni prima, quel piccolo pensiero ossessivo che ti sveglia la mattina presto e sembra non volerti più abbandonare.

Tutte queste piccolezze possono risultare destabilizzanti, essendo la vita come le montagne russe: alle volte si va tanto in alto sentendoci ad un passo dal traguardo e subito dopo con la stessa identica velocità si scende a terra fino a toccare il fondo.

Ed ecco che è proprio in quei momenti che il destino rincara la dose, nei momenti in cui ci sentiamo a terra e quindi impossibilitati a proseguire e andare avanti, ecco che lì facciamo la conta dei nostri errori e dei nostri fallimenti avvertendo in noi stessi tutto tranne il positivo.

Ci chiediamo se, forse, non avessero ragione gli altri, quelli che nella vita ci hanno remato contro, quelli che mai hanno creduto nel nostro potenziale eppure, è proprio in questi momenti che bisogna avere la maturità per capire che qualunque cosa faremo, avremo sempre dei detrattori, non dico che nessuno abbia mai commesso degli errori, semplicemente non ha alcun senso voltarsi a guardare qualcosa di ormai vecchio, impariamo la lezione e andiamo avanti.

Non potrai mai piacere a tutti qualunque cosa tu decida di fare, ci sarà sempre chi ti vedrà in base ad una propria sensazione o sulla base di un suo personale ricordo, e allora, pazienza, il problema non è tuo ma solo di coloro che non hanno voluto conoscere i miglioramenti e gli sviluppi che hai fatto nel tempo.

Lascia che ognuno giudichi ciò che vuole di te. Evidentemente, chi lo fa con tanta leggerezza conosce solamente una piccola pagina di quella che è la tua vita, senza averne letto il libro per intero.

2- La fiducia in te stesso è il più grande e meraviglioso regalo che puoi farti

Tu sei responsabile di ciò che fai, ma soprattutto di ciò che pensi di te stesso.

Se è vero che a chiunque è concesso sbagliare al fine di imparare, è altrettanto vero che nessuno deve perseverare nell'errore.

Sai come si capisce che in noi è avvenuto un profondo cambiamento?

Quando guardandoci indietro non ci ritroviamo più nelle azioni compiute.

Purtroppo molti collegano l'interezza della propria persona a singoli episodi, o banali pensieri che risultano però col tempo essere infinitamente distruttivi.

La fiducia in te stesso è proprio quel piccolo motore dal grande potenziale, il quale si accende con tanta fatica, ma dona risultati altissimi una volta che se ne comprendono le meravigliose potenzialità.

Intanto cerca di capire veramente cos'è veramente la "fiducia in te stesso".

Essa è quella particolare abilità capace di renderti insensibile completamente al brusio che ti sta attorno, sordo alle critiche altrui; questo perché hai acquistato una cosa molto più preziosa, ovvero che ogni piccolo gesto che compì, ogni pensiero che la tua mente partorisce parte solamente da una persona è quella persona sei tu, il resto lascia il tempo che trova, poiché non avrà alcuna importanza una volta giunta al tuo orecchio, questo perché tu ti basterai, i tuoi dubbi non saranno più un problema perché non sono il risultato riguardo ciò che sei adesso, ma la somma di ciò che sei stato.

La tua voce interiore non sarà scossa dal flebile brusio dei tuoi dubbi e delle tue incertezze, se in passato hai fatto certe azioni o partorito certi pensieri è solo perché in quel preciso momento della tua vita quelle gesta e quei ragionamenti erano, per te, l'unica risposta plausibile ad un tuo disagio o ad un tuo malessere.

Ora col senno di poi giudichi troppo severamente le tue vecchie azioni, e ciò è un bene perché vuol dire che hai acquisito la maturità necessaria per capire dove hai sbagliato, hai capito come ti comporterai d'ora in poi, ma soprattutto hai mosso un altro passo fondamentale verso il tuo obbiettivo finale, ovvero la realizzazione di te stesso.

Proprio per questo motivo i dubbi non devono assalirti, tu hai un obbiettivo e lo stai raggiungendo, grazie al tuo percorso di crescita emotiva e spirituale, sarai bloccato solo nel momento in cui tu stesso ti sarai attribuito uno scarso valore sulla base di errori comuni, fraintendimenti e assurdità generali che condizionano in negativo la nostra mente.

Sii sempre sicuro della strada che percorri e tuttavia, quando senti la terra cedere sotto i piedi, beh allora non è la fine del mondo, sorridi ripensando a tutta la strada che già hai percorso e con questa sicurezza nel cuore vai avanti.

Sei tu l'unico giudice della tua vita.

5 – Ricominciare, costruisci il tuo futuro

"Gli sciocchi aspettano il giorno fortunato. Ma ogni giorno è fortunato per chi sa darsi da fare."
(Buddha)

La sorte non è altro che il successo portato dal caso piuttosto che dalle azioni compiute, essa può quindi essere positiva o negativa.

Essere fortunati significa che i nostri risultati sono sublimati dal caso e non dalle nostre scelte, giusto?

Non proprio, la fortuna è l'avere o il portare il risultato della buona sorte, il successo è una faccia della medaglia della sorte, mentre l'altra è il fallimento, ovvero la mala sorte e cioè essere sfortunati.

Augurare a qualcuno buona fortuna è volere il suo successo e allora perché non dire: "Ti auguro successo" ?

Questo accade perché augurare buona fortuna ricorda il concetto di sorte ovvero il poter fallire, quanto il poter riuscire.

Andiamo con ordine, ponendoci prima qualche domanda importante:

- Tutto dipende dalla sorte?

- Quanto e come influiscono la fortuna e la sfortuna all'interno delle nostre   vite?

- I nostri risultati dipendono da come gira la ruota o dalle nostre azioni?

- Cosa possiamo fare noi per migliorare le cose?

Adesso prima di darti una risposta a queste domande, leggi quanto segue:

1-Sfortuna

Attribuiamo i nostri fallimenti solamente al fattore della sfortuna, sentendoci così non responsabili per ciò che non si è avverato, per le imprese che non abbiamo compiuto, insomma per tutto ciò che ci è venuto a mancare.

Proprio a causa di questo meccanismo, non ci prendiamo la benché minima responsabilità delle nostre azioni, finendo col giustificare ogni nostra disavventura e ogni nostro obbiettivo come pura sfortuna.

La sfortuna è quindi vista come principale e alle volte unica colpevole dei nostri fallimenti, cioè DAVVERO vogliamo attribuire l'insuccesso e la mancanza di risultati alla sfortuna però non dobbiamo assolutamente cadere in questo tranello. Se qualcosa non è andato come volevamo e le nostre azioni avrebbero potuto modificare il risultato, allora possiamo stare tranquilli, la sfortuna non c'entra.

Ciò che però possiamo fare, è fare nostra l'esperienza negativa e andare avanti, ricordandoci in futuro di fare del nostro meglio per ribaltare le previsioni.

2-Fortuna

Al contrario della sfortuna, attribuiamo all'idea di fortuna il superamento oppure il raggiungimento di traguardi e risultati importanti all'interno della nostra vita.

Davvero crediamo che tutto ciò che accade all'interno delle nostre vite dipenda solamente dai fattori della fortuna o della sfortuna? Ovviamente questa chiave di lettura oltre ad essere estremamente sbagliata, ci porterà a credere che le cose, brutte o belle che siano, accadano solamente per motivi esterni a noi, come se non potessimo comandare ciò che ci accade attorno.

Lo stesso discorso fatto per la sfortuna vale anche in questo caso: non ha alcun senso attribuire i nostri meriti alla sorte, dobbiamo essere in grado di riconoscere i nostri sforzi, le nostre prove superate e la bellezza di quanto siamo riusciti a costruire pian piano con fatica e sudore.

Altra cosa insensata è il lamentarsi di quanto siano gli altri ad avere tutte le fortune del mondo, e noi nulla.

"Gli altri" non hanno fortuna, semplicemente hanno capito che sono SOLAMENTE le nostre azioni a fare la differenza e con esse la nostra capacità di resistere, tenere duro e andare avanti nonostante tutto.

Abbiamo quindi un'arma fondamentale, in grado di determinare il nostro raggiungimento o il nostro fallimento riguardo uno specifico obbiettivo, ovvero, le nostre azioni.

3-Azione

Eccoci arrivati dunque all'ultimo ed unico elemento, grazie al quale dipende la nostra riuscita e il conseguimento dei nostri risultati, "l'agire".

Abbiamo parlato prima di fortuna e sfortuna e di quanto sia inutile e deresponsabilizzante attribuire ad esse il merito o il demerito riguardo ciò che facciamo.

Se fosse realmente così, allora non ci servirebbe il minimo sforzo, o al contrario potremmo impegnarci quanto desideriamo ma senza ottenere alcun risultato. Ecco cosa accadrebbe se tutto ciò che ci accade fosse veramente delineato dalla semplice sorte.

Se vogliamo credere di essere al volante delle nostre vite, potendo così scegliere la nostra strada, perché continuiamo a ricordarci della costante possibilità del fallimento?

Semplice, solo per avere una scusa pronta nel momento in cui le cose non dovessero prendere la piega che ci saremo aspettati, evitando così di crescere come esseri umani e prenderci la responsabilità di ciò che abbiamo fatto.

Esistono ovviamente aspetti della vita che non possiamo controllare e che fanno parte del caso, questa è quindi la sorte, semplicemente un risultato non determinato dalle nostre azioni.

La sorte, fortuna oppure sfortuna sono cose indipendenti dal nostro controllo, sulle quali noi non abbiamo la possibilità di influire.

Per il resto ovvero per un buon 90% della vita sta a noi, alle nostre azioni e al nostro modo di operare che le cose si possono risolvere o raggiungere.

Dobbiamo quindi liberarci completamente da questo concetto di "sorte", come determinante delle nostre vite, essa può aiutarci o rallentarci, ma sta proprio a noi non farci scoraggiare da tutto il contesto.

4-In conclusione

Quindi per sintetizzare quanto detto fin'ora, basta mettere in chiaro qualche punto fondamentale.

La sorte può influire nella nostra vita, intesa come un qualcosa di esterno e quindi al di fuori del nostro controllo, bisogna però aver chiaro in mente che non è essa determinare i nostri risultati come positivi o negativi.

I fattori che determinano la buona riuscita del nostro progetto sono solamente le nostre azioni, le quali unite alla nostra tenacia e al nostro incrollabile senso di fiducia nelle nostre capacità, tenderanno l'ago della bilancia a nostro favore.

Come disse il Buddha: "Ogni giorno è fortunato per chi sa darsi da fare.", allora cosa aspettiamo? Smettiamola di affidarci a fattori fuori dal nostro controllo per riuscire nella vita, abituiamoci alla consapevolezza di noi stessi e delle nostre azioni.

Abbiamo tutto ciò che ci occorre per riuscire e, se non dovesse andare tutto come previsto, basterà armarsi di perseveranza, pazienza e andare avanti, alle volte ricominciando anche tutto daccapo, qualora la situazione lo richiedesse, l'unica cosa importante da tenere a mente, è non darsi mai per vinti e credere nelle nostre capacità. Se andremo avanti con questo pensiero, allora nulla sarà in grado di abbattere il nostro spirito.

Reagisci: trova la tua strada

"Il più grande spreco nel mondo è la differenza tra ciò che siamo e ciò che potremmo diventare."

(Ben Herbster)

L 'aforisma appartiene a Ben Herbster, precursore del protestantesimo in America. Egli, con le sue parole ci esorta ad un'evoluzione, a non rimanere fermi nel nostro limbo con la paura di fare il tanto agognato salto nel vuoto, ma semplicemente buttarsi alla scoperta di noi stessi, questo perché il più delle volte siamo solo noi a porci limiti e frenare i nostri istinti, senza invece capire quanto saremo in grado di avanzare e di apprendere se solo trovassimo quella giusta spinta per buttarci sulla strada giusta. In questo momento non ti racconterò chissà quale trucco magico affinché tu trovi la tua strada, sai perché?

Perché non esiste alcun trucco, ma solo tanto impegno e determinazione. La responsabilità è solo nostra, sia di vivere in una determinata situazione, sia di fare il grande passo e andare avanti con la nostra evoluzione professionale.

Non fare l'errore di molti ovvero adagiarti in una situazione che non senti assolutamente costruita su misura per te.

Ciò che vivi in questo momento non e più di tuo gradimento, non fa più al caso tuo. La soluzione è solo una: invertire la rotta, cambiare strada. Il problema è che per evitarci lo stress e la possibilità di fallire tendiamo a fingere che la realtà che viviamo non sia poi così sgradevole, stringiamo i denti e andiamo avanti.

Non dare la responsabilità delle tue decisioni a terze persone! Io premo molto su questo punto in particolare, perché ho notato che è un nodo cruciale del nostro tempo.

Spesso, anzi troppo spesso, dipendiamo dagli altri sia per quanto riguarda le nostre azioni, sia per quanto riguarda il nostro pensiero; essi vengono influenzati dalla percezione dei pensieri altrui e da ciò che gli altri ci dicono di fare o comunque pensano sia giusto e migliore per la nostra condizione.

In genere sono 2 le tipologie di persone, ecco quali:

1 - Le persone che ci vogliono bene (familiari, amici, colleghi, ecc.)

Spesso però le persone che ci vogliono bene non capiscono che così facendo ci limitano e pur senza volerlo ci donano negatività e tristezza non facendoci più percepire una nostra via da seguire, dal momento che avendo provato più volte ed essendo stati sempre scoraggiati e indotti a non farlo, perderemo fiducia in noi stessi, nelle nostre capacità e nel nostro modo di affrontare la vita, rischiando così di ritrovarci sempre a doverci appoggiare a terze persone per quello che riguarda la nostra strada.

Ovviamente ciò che dicono è solo in buona fede e non per metterci i bastoni fra le ruote, ma è anche vero che nessuno sa come andranno le cose senza prima sperimentarle.

Quindi ti chiedo:

chi meglio di te può sapere come andrà a finire?

2 - Gli invidiosi oppure i pessimisti

Queste sono e saranno sempre le tipologie di persone che non mancheranno mai.

Gli invidiosi sono coloro che vorrebbero tanto aver avuto il tuo stesso coraggio e determinazione per fare la tua stessa scelta, per compiere il tuo stesso cammino e i tuoi stessi passi, ma che hanno preferito scegliere un'altra via.

Essi denigrano le tue scelte, ti scoraggiano e continuano ad elencarti tutti i contro della tua scelta, nella speranza così di convincerti a non intraprendere alcuna nuova strada; per questo non devi mai dare alcun credito a queste persone, dal momento che tutto ciò che diranno non sarà mai indirizzato al tuo bene ma solo alla loro soddisfazione. Non avendo essi il tuo stesso coraggio preferiscono infatti affondarti affinché nemmeno tu compia quei passi così importanti.

I pessimisti invece non sono una tipologia di persone cattive; essi semplicemente vedono solo il lato brutto della vita, non calcolando mai nemmeno la possibilità che le cose possano prendere la giusta piega.

La loro non è cattiveria, ma solamente il loro modo di vedere la vita. Purtroppo, se li ascolterai, ci sarà il forte rischio che tu venga corrotto da tutta questa negatività che non potrà far altro che nuocerti e gravare su di te costantemente, impedendoti così di andare avanti e raggiungere nuovi traguardi.

3 - Che fare ?

Che fare quindi una volta arrivati a questo punto?

Non è una domanda con una risposta precisa e definita, anzi, varia da caso a caso ed a seconda del momento.

Più volte mi pongo questa domanda, quando non capisco bene su quali binari sto indirizzando il mio percorso di vita.

Questo perché nella vita può capitare continuamente di porsi delle domande riguardo la propria condizione, se abbiamo fatto o meno le scelte giuste, se quello che abbiamo scelto con tanto entusiasmo in passato è ancora oggi quello che desideriamo.

Insomma non pensare minimamente di essere l'unica persona sulla terra a porsi certe domande.

Ciò che invece devi tenere a mente è che tale processo non avviene dall'oggi al domani, non si cambia in un giorno ma ci vuole perseveranza, costanza e determinazione.

Quello che ti serve è avere la capacità di ricostruire te stesso.

Non devi farti fermare dalle solite paranoie quali: "ormai sono troppo grande", "non ho mai fatto un altro lavoro", "perché cambiare" e così via.

Se prendi in considerazione tutte queste scuse per non cambiare la tua attuale situazione, allora vuol dire che non sei poi così giù di morale o comunque la situazione che vivi non ti è poi così ostica come sei portato a pensare. Al contrario, se realmente come ora vivi non ti soddisfa più, allora smettila immediatamente di porti i soliti interrogativi.

Ricominciare daccapo, reagire, richiedono tanto coraggio e determinazione. Alle volte tocca ripartire dal basso: conosco persone infatti che per inseguire il proprio desiderio di cambiamento si sono trasferite a Londra, lavorando nei McDonald e nel frattempo hanno seguito corsi di formazione per trovare nuove vie da seguire. Bada, ti sto parlando di persone con più di quarant'anni sulle spalle e, perciò, non farti scoraggiare, pensa dunque alla tua più grande passione e passo dopo passo, con molta pazienza e tenendo presente che ci vorrà del tempo, persegui il tuo obbiettivo senza se e senza ma.

Reagisci e vivi la tua vita.

È troppo difficile? Il segreto della perseveranza

"Persevererò finché avrò successo. Compirò sempre un altro passo. Se quello non sarà di aiuto ne farò un altro, e poi ancora. In verità, un passo alla volta non è così difficile… Io so che piccoli tentativi, ripetuti, completano qualsiasi compito."
(Og Mandino)

L'aforisma scelto appartiene a Og Mandino, egli fu uno scrittore americano di enorme successo, soprattutto grazie al suo libro "Il più grande venditore del mondo", grazie al quale diffuse il suo pensiero filosofico: "ogni persona sulla terra è un miracolo e dovrebbe dirigere la propria vita con fiducia e positività nel proprio futuro."

Le sue parole fanno capire perfettamente che troppi sono coloro che si arrendono, non ricevendo dei risultati immediati dei loro sforzi senza capire però una cosa di fondamentale importanza, ovvero che per raggiungere obbiettivi importanti, bisogna lavorare parecchio, non darsi mai per vinti e soprattutto darsi tempo.

1- Focalizza l'obbiettivo

Si, può sembrare banale, ma questa è la prima e più importante operazione da fare.

Molti dicono di non sapere con certezza cosa vogliono fare nella loro vita, questo accade perché non si fermano a scavare dentro loro stessi, ma si limitano a seguire direttive impostegli da altri, non facendo realmente ciò che li appassiona, quindi non saranno mai motivati veramente.

Scegli il tuo campo d'azione, il tuo interesse ed una volta scelto focalizzati su quello, buttati sulla tua più grande passione, senza pensare a cosa gli altri si aspettano dal tuo tentativo, tu buttati, poi sii tenace e persevera.

Se ci crederai davvero, allora nulla riuscirà mai a scoraggiarti, persevera e vai avanti.

2- Impegno e pazienza

Come già anticipato all'inizio, sono molti che si arrendono semplicemente perché non ricevono subito un riscontro a fronte dei loro numerosi sforzi.

Ciò è sbagliato, niente si ottiene facilmente, ed è proprio in questi momenti che la perseveranza viene in nostro aiuto.

Perseverare significa fare sempre tutto il possibile senza farsi mai scoraggiare da ciò che ti circonda o che rischia di influenzarti.

Non farti quindi abbattere se i risultati tardano ad arrivare, ciò vuol dire solo che devi metterci più impegno rispetto a quanto fatto fino al momento attuale, non devi guardare colui che l'obbiettivo l'ha già raggiunto, ma prendilo come esempio! Ciò ti spronerà ad andare avanti; ricorda che chi è arrivato, esattamente come te in questo momento ha dovuto sudarsi i traguardi ottenuti; chiediti come ha fatto?

Esattamente la parolina magica è sempre quella: <u>perseveranza</u>.

3- Tu hai il TUO percorso

Fin da piccoli ci hanno insegnato a pensare che esistesse una sola ed unica direzione possibile per raggiungere una vita soddisfacente e appagante ma, credimi, non è affatto così.

Il percorso al quale veniamo portati a pensare è sempre lo stesso:, studio, scelta del corso di laurea, specializzazione e master che non guastano, lavoro ben pagato e carriera. Sicuro che questo valga anche per te? Ma soprattutto è questo ciò che desideri?

Ovviamente la risposta è NO. Nessuno di noi è obbligato a seguire il medesimo percorso di formazione, quindi prima di tutto devi guardarti dentro e fare una grossa distinzione fra quale sia la strada che desideri tu, e quale invece quella che ti viene indicata dagli altri.

È inutile fingere di non saperlo, molti di noi sono spinti verso determinate decisioni o particolari progetti non per propria voglia o propria progettualità; essi danno invece questo potere decisionale ad altri, i quali possono essere gli amici, i parenti, professori, oppure, come accade nella maggior parte dei casi, i genitori.

Ma il tuo percorso di vita è una cosa estremamente personale, ed è giusto quindi che ne sia tu l'unico responsabile, prova con il famoso esercizio dei 5 anni.

Ne avrai di sicuro sentito parlare, devi solamente immaginare dove ti vedi fra 5 anni a partire da oggi?

Se la risposta è "non dove sei adesso", allora niente panico, vuol dire che devi impiegare tutte le tue forze ed energie per uscire da quel percorso che ti sei creato attorno ascoltando terze persone.

Da oggi in poi fatti un regalo, <u>ascolta te stesso</u>.

4- È troppo difficile? Perseveranza

Le difficoltà nel corso della nostra vita si presentano continuamente, non diminuiscono col passare del tempo, se ne presenteranno sempre di nuove e di continue, alle volte ti sentirai così tanto a terra da non pensare di riuscire mai a proseguire ed andare avanti, ma la risposta è sempre la medesima: perseveranza.

Pensa cosa avrebbero fatto i grandi uomini e donne di scienza, del mondo dello sport, della tecnologia se ad un certo punto avessero detto:

"Basta, è troppo difficile, mi arrendo, NON FA PER ME, NON E' LA MIA STRADA"

Hanno creduto in loro stessi, hanno provato e riprovato fino a riuscirci, tenendo sempre presente che la strada era in salita e lastricata da mille difficoltà; altrimenti ovviamente non sarebbero mai arrivati dove sono adesso.

Non sono mai caduti nella trappola del "NON FA PER ME" o, se preferisci, del "NON SONO ABBASTANZA" . Questi pensieri, in qualunque modo tu li voglia chiamare, rappresentano solo una scusa, una scusa che raccontiamo a noi stessi e al nostro cervello, per il singolare fatto di non averci nemmeno provato e nasconderci così la verità: quella di essere arresi dopo il primo stop.

Indovina un po': tu non solo hai tutte le carte in regola per riuscire, ma sei molto più in gamba di ciò che credi quando la tua motivazione viene meno.

Tu tieni a mente il potere della perseveranza e ascolta questi tre piccoli consigli, sono i tre passaggi mentali che faccio sempre ogni volta che mi trovo di fronte a un bivio:

1 - Non chiederti perché sei incastrato in un lavoro che non ti piace, ma datti invece da fare per trovarne uno migliore.

2 - Quando ti butti a capofitto in un tuo progetto, non chiederti cosa potrebbe andare storto, chiediti invece quali migliorie un tale progetto donerà alla tua vita.

3 - Non arrenderti, prova e se cadi, beh tu riprova ancora, chiunque ha subito degli imprevisti o incidenti di percorso ma ce l'ha fatta chi non h mai smesso di rimettersi in piedi dopo ogni difficoltà.

Queste sono le mie strategie per riuscire e perseverare fino al conseguimento dei miei obbiettivi, mettile in pratica e vedrai, funzioneranno anche per te, poniti le giuste domande, e senza cercare scuse, persevera e prosegui a testa alta.

Sii fiero di te stesso.

Impegno: ciò che conta non si ottiene con facilità

"Hai mai provato? Hai mai fallito? Non importa. Prova ancora. Fallisci ancora. Fallisci meglio."

(Samuel Beckett)

L'aforisma appartiene a Samuel Beckett, drammaturgo, scrittore, poeta, traduttore e sceneggiatore, deceduto a Parigi nel 1989.

Le sue parole ci ricordano le due condizioni che le persone attraversano quando si cimentano in un'impresa: la voglia di provare e la possibilità di fallire.

Ciò ci porta ad una terza fase quella della buona riuscita, quella del provarci sempre, fino a quando andrà bene e riusciremo a raggiungere quel traguardo che inseguivamo da tanto, forse troppo tempo

1 – Hai mai provato? Provaci ancora

Provare, ecco la fase iniziale, quella che dà il via a tutto. Proviamo a cimentarci in un'impresa per la bellezza della sfida, l'eccitazione provocata dalla novità, tutto ciò ci sprona a dare del nostro meglio ogni volta che ne abbiamo l'occasione.

Alle volte proviamo a raggiungere un traguardo con più o meno tenacia, e se non ci riusciamo subito, preferiamo arrenderci senza usare più il nostro tempo per il conseguimento di qualcosa che sembrava realmente importante.

Alle volte gestiamo male le nostre energie, questo accade perché non cerchiamo di raggiungere un unico obbiettivo importante, ma disperdiamo le nostre energie su altri obbiettivi minori, a prima vista può sembrare una bella cosa avere tante mete da raggiungere, tanti traguardi, tanti punti di arrivo, ma nella realtà dei fatti ciò è lesivo.

Metti in ordine i tuoi obbiettivi, guarda quale merita maggiormente il tuo tempo, classifica quello più importante e donagli il cento per cento del tuo tempo, solo una volta raggiunto, potrai dedicarti agli altri.

Osserva quindi quale merita la tua priorità e lavora solo su quello al cento per cento.

2 – Hai mai fallito? Non demordere

Il fallimento è la prima prova che siamo tenuti a superare per raggiungere i nostri obbiettivi, ciò che fa la differenza fra la buona riuscita o la nostra completa sconfitta.

Può richiedere molto tempo, il riuscire a superare un determinato fallimento, alle volte proprio non riusciamo a farcene una ragione.

È la solita vecchia storia della volpe che non arriva all'uva e allora dice che è acerba.

Noi dobbiamo essere migliori di quella volpe. E' vero. Alle volte si può cadere, si può fallire, si può addirittura arrivare a prendere coscienza di non essere poi così bravi come credevamo da principio, eppure non dobbiamo arrenderci mai.

Se ti arrendi al primo ostacolo il motivo è chiaro, evidentemente l'obbiettivo fissato, non era poi così importante e stimolante come pensavamo.

È importante imparare a gestire il fallimento, nella vita non si può sempre vincere, alle volte richiede più tempo e più impegno del previsto, ma non per questo dobbiamo demoralizzarci o darci per vinti, la differenza fra chi riesce e chi invece abbandona un'impresa sta proprio nella perseveranza.

Devi preventivare la possibilità di sbagliare, la possibilità di cadere, ma rimanendo sempre consapevole che prima o poi col duro lavoro, raggiungerai il tuo obbiettivo, non darti mai per vinto.

3 – Continua a provare

"Continua a provare", più facile a dirsi che a farsi, questo perché guardi solo la punta dell'iceberg: quando osservi altre persone che hanno raggiunto e realizzato il loro sogno, tu vedi solo il risultato finale, senza fermarti a pensare a tutto il lavoro che c'è stato dietro, tutte le energie spese, le notti insonni e le rinunce fatte.

Mettitelo in testa, NULLA si ottiene senza impegno, niente ci viene dato gratuitamente, dobbiamo guadagnarcelo ed in fondo è molto meglio così, riuscire ad ottenere qualcosa grazie alle nostre forze, questo si che ci aiuta e ci fa capire quante cose possiamo fare solo grazie a noi stessi e al nostro impegno.

4 – Gestisci il fallimento

Questo è il punto chiave, gestire il fallimento è una cosa normale e naturale, se non riuscissimo a gestirlo, allora non riusciremo più a credere nelle nostre capacità.

Non devi vedere il fallimento come un nemico che ti bloccherà per sempre, guardarlo più come se fosse un amico che dispensa consigli, se fallisci e cadi c'è un motivo. Ecco, devi vedere il fallimento come l'amico che ti svela i motivi di un fallimento, ti dice cosa non andava bene, ma non per questo devi abbandonare il progetto, semplicemente aggiustare un po' il tiro.

La vita è fatta di alti e bassi, così anche noi alle volte ci sentiamo intoccabili, altre invece ci sentiamo impotenti ed in balia degli eventi, lasciando le nostre decisioni in mano ad altre persone o eventi.

Ricorda: se cadi una volta, non vuol dire che tu non sia più padrone della tua vita; rialzati e ad ogni fallimento, cerca di renderti conto perché sei caduto. Solo così potrai rialzarti senza più commettere i vecchi errori, imparerai dal passato come gestire il tuo futuro.

5 – Raggiungi il tuo traguardo

La vita alle volte può fare paura, cerchiamo continuamente una scorciatoia, la strada più comoda per il raggiungimento di uno scopo.

Alle volte rinunciamo fin dall'inizio a percorrere la strada più tortuosa, questo perché ciò richiede impegno, costanza e pazienza. Eppure nulla si ottiene senza impegno, quella scorciatoia che tanto cerchiamo non esiste, non c'è alcun rimedio miracoloso. L'unica cosa sulla quale possiamo fare affidamento è la nostra determinazione. Osserva i tuoi fallimenti, per imparare dove hai sbagliato, cerca sempre di raggiungere ciò che ti sta a cuore e non un obbiettivo di seconda mano solo per accontentarti.

Sii determinato e presente a te stesso, lascia andare tutti quei pensieri inquinanti e rimani concentrato.

Vedrai a poco a poco i tuoi traguardi cominceranno ad essere visibili sul tuo cammino.

Come indirizzare la propria strada

"Il sole non è mai così bello quanto nel giorno che ci si mette in cammino."
(Jean Giono)

L'aforisma appartiene a Jean Giono, scrittore francese, deceduto nel 1970, noto per i suoi saggi.

Le sue parole danno la maggiore importanza non tanto al viaggio di per sé, quanto alla decisione che prendiamo nel compierlo, mi spiego meglio.

Molte persone si trovano costrette in un lavoro che non li soddisfa, che non hanno scelto, affrontando così ogni giorno con immensa frustrazione e questo però porta a conseguenze ancor più serie.

Pensaci un attimo, il lavoro occupa la maggior parte della nostra giornata otto ore al giorno per un minimo di cinque giorni, immagina quanto possa essere distruttivo per una persona fare un lavoro che non lo soddisfa, alzarsi dal letto tutte le mattine controvoglia per arrivare in un luogo e svolgere azioni quotidiane per le quali non ha né stimolo né spinta.

Siamo realisti: nel corso della vita può capitare, specialmente in questo periodo di crisi dove il lavoro scarseggia, soprattutto alle prime esperienze lavorative, di doversi accontentare inizialmente di un primo lavoro giusto per avere un guadagno e di conseguenza un'indipendenza economica, in molti però restano intrappolati in questo ragionamento pensando che un domani non precisato nel tempo troveranno il loro lavoro ideale, faranno ciò per cui si sentono destinati.

Quel domani però non arriverà mai se non ti concentri e non ti applichi con tutte le tue forze affinché ciò avvenga, pensaci bene: vuoi rimanere tra le fila degli insoddisfatti oppure sei determinato nel trovare la tua strada, diventando finalmente felice della vita che conduci?

Trova la tua passione.

Non pensare a ciò che fanno gli altri, ai loro lavori o ai canoni dettati dalla società, non cadere nella trappola mentale che il tuo lavoro definisca ciò che sei come persona. L'unica cosa veramente importante è se la mattina quando ti svegli, lo fai col sorriso al solo pensiero del mestiere che hai scelto di esercitare.

Ti racconto una piccola storia per farti entrare meglio nella dinamica. Un ragazzo poco più che trentenne si rivolse a me, raccontandomi di non essere appagato dalla vita che conduceva.

Aveva girato per l'Europa, Germania, Inghilterra, Olanda e svolto diversi lavori in pochi anni. Aveva deciso però di tornare in Italia e finire gli studi per divenire avvocato; alla fine di qualche colloquio avuto con lui arrivò a dirmi che la sua più grande passione era fare il panettiere, lo riteneva un lavoro nobile e meraviglioso nel quale doveva cimentarsi a creare qualcosa da zero con le sue sole forze.

Adesso vive in Italia, ha abbandonato gli studi ed ha aperto due panetterie nella medesima città; ogni volta che lo sento telefonicamente il suo buon umore e la sua felicità sono a dir poco contagiosi. Ecco un uomo felice che ce l'ha fatta, ha realizzato ciò che voleva e soprattutto è fiero di se stesso.

Perché ti racconto tutto questo?

Solo per farti capire che la prima cosa da fare per renderti conto di che cosa vuoi veramente dalla tua vita è trovare la tua passione, quel sogno nel cassetto che ognuno di noi ha e che ben pochi sono disposti a seguire, si parlo proprio di quello.

Per alcuni il lavoro dei sogni è qualcosa che permette loro di viaggiare, per altri è il canto, per altri ancora è il diventare architetti, ciò che conta è COSA VUOI FARE TE.

Da qui a cinque anni dove ti vedi e in che veste? Trova la tua passione e trasformala in un lavoro, nessuno dice che sarà facile, ma proprio come scritto da Jean Giono, "Il sole non è mai così bello quanto nel giorno che ci si mette in cammino."

Non trovare scuse

La cosa che più mi ha stupito delle persone con le quali ho parlato, è che molte di loro vedevano bene quale fosse la loro passione o il loro desiderio lavorativo, però, c'era sempre un però che li frenava.

Chi mi diceva che ormai era troppo tardi, chi mi raccontava che il mestiere da lui scelto era impensabile da raggiungere e chi semplicemente si era arreso ancor prima di provare.

Smettila di pensare che solo in pochi ce la possono fare, la differenza è fra chi è riuscito e chi non sta proprio nella perseveranza, nel non darsi mai per vinto, nonostante il tempo che ci vorrà o i sacrifici da compiere. Già all'inizio del tuo percorso, sarai felice e questo solamente per merito del tuo coraggio e del tuo metterti in gioco.

Eccoti di seguito un esercizio pratico per aiutarti a trovare la tua passione e seguire la tua strada, rispondi alle domande:

o   ***Cosa faresti se avessi la sicurezza di non fallire ?***

Molti, se non la maggior parte, non si azzarda nemmeno ad inseguire il suo sogno perché lo vede come un obbiettivo arduo e difficile da raggiungere, ma ciò che terrorizza è la possibilità di fallire, questi fatto però non deve destabilizzarti, può capitare di inciampare durante il percorso, l'importante come già detto prima è continuare a provare. Persevera e vedrai che i tuoi sforzi saranno premiati.

o   ***Cosa faresti se non avessi la paura a bloccarti ?***

Questa domanda racchiude tutte quelle piccole paure che ti bloccano ancor prima di partire. Magari per seguire la tua passione devi rimetterti a studiare e non ti senti all'altezza, magari devi trasferirti e non ti senti pronto, ci possono essere mille cose che ti terrorizzano nell'avviamento di un progetto.

Ora respira e rifletti, matura il pensiero che se non sei felice, allora non puoi continuare a fare le stesse cose ogni giorno arrivando triste a fine giornata. Preferisci buttarti e rischiare, oppure abbandonarti alla rassegnazione?

Accetta il rischio. ;)

o ***Quando è stata l'ultima volta che ti sei sentito pienamente soddisfatto della tua vita ?***

Ci sarà stata una giornata, oppure un periodo o addirittura un semplice momento all'interno del quale ti sei sentito pienamente felice e sereno della tua vita e del modo in cui impiegavi il tuo tempo. Questi sono quei momenti così particolari perché tutti i pensieri negativi, paranoie e insicurezze che ti ossessionano non esistono più, a loro non ci pensi nemmeno e se lo fai ti rendi conto di quanto frivole fossero certe preoccupazioni. Ecco: questo è lo stato d'animo al quale devi sempre puntare per la ricerca del tuo percorso.

E ricorda: se non sei disposto a sacrificarti o rinunciare a niente, in cambio non avrai niente, credi in te stesso e nelle tue meravigliose capacità.

Non incolpare nessuno, costruisci la tua strada

"La gente continua a ripetere: "La mia vita è infelice", e afferma di non voler vivere nell'infelicità, ma continua a scaricare la responsabilità su qualcos'altro, su qualcun altro: il fato, la società, la struttura economica, lo Stato, la chiesa, la moglie, il marito, la madre; comunque il responsabile è qualcun altro."

(Osho)

L'aforisma appartiene a Osho Rajneesh, o semplicemente Osho (Kuchwada, 11 dicembre 1931 – Pune, 19 gennaio 1990), che è stato un mistico e maestro spirituale indiano e che acquisì seguito internazionale.

Con le sue parole, ci mostra una condizione tristemente vera, ovvero l'incapacità delle persone di assumersi le proprie responsabilità.

Spesso addossiamo la colpa dei fallimenti nella nostra vita a terze persone, ma in realtà siamo solo spaventati dal constatare la verità, ovvero che la colpa della piega che la nostra vita ha preso è solamente ed esclusivamente nostra.

Ma perché accade tutto questo? Semplicemente perché ammettere le proprie colpe vuol dire ammettere le proprie responsabilità, senza avere più nessuno da incolpare e nessuno su cui scaricare le nostre frustrazioni.

1 – Non incolpare gli altri

Questo è ciò che succede spesso, anzi accade purtroppo quasi sempre, quando ci troviamo a costruire la nostra vita, le nostre decisioni e tutto ciò che compone il nostro cammino. Alle volte le nostre scelte non si dimostrano giuste come abbiamo ingenuamente creduto in precedenza.

In questi casi abbiamo due scelte possibili: la **prima** riguarda il farci carico delle nostre responsabilità, andare avanti e non commettere mai più il solito errore; la **seconda** invece è la scorciatoia, la via più breve, la via più facile, ovvero quella di scaricare oppure addossare la colpa delle nostre azioni alle persone che ci stanno attorno, o ancora a color che per un breve periodo hanno fatto parte della nostra vita.

Questa **seconda** scelta è, come è ovvio immaginare, profondamente sbagliata, se continuiamo a dare la colpa dei nostri errori agli altri, prima di tutto offendiamo noi stessi, ammettendo tacitamente la nostra mancanza di capacità nel prendere decisioni riguardanti la nostra vita, senza fare quindi affidamento su noi stessi e ridicolizzando dunque la nostra capacità di giudizio.

Scegliendo invece la **prima** strada, quella più tortuosa, più difficile, facciamo un grande favore a noi stessi, riconoscendo la nostra autonomia e dimostrando la nostra maturità, ovvero capendo che per quante volte possiamo sbagliare, inciampare, perdere l'equilibrio e cadere, abbiamo la capacità di ammettere a noi stessi i nostri errori, senza cercare scuse o giustificazioni, ed è da questo momento che possiamo intraprendere un cammino che ci porterà al continuo e costante miglioramento del nostro essere, divenendo persone migliori un passo alla volta, trasformando i nostri errori in preziosi insegnamenti, attraverso i quali non cadere più nelle vecchie trappole che ci ostacolarono in passato.

2 – Tu sei il solo responsabile della tua vita

C'è solo una persona che devi ringraziare quando le cose vanno bene ed incolpare quando invece vanno male, e quella persona sei tu, le tue scelte, le tue certezze e le tue mancanze sono tutte cose che dipendono esclusivamente da te.

Alle volte siamo portati a chiedere consiglio a chi ci sta attorno, ciò è positivo e arricchisce senza dubbio il nostro essere, ma un consiglio non può e non deve essere l'unico fondamento sul quale poggiare le nostre decisioni.

Accetta i consigli, ma non usarli come scusa per giustificare un passo falso oppure una decisione sbagliata, devi sempre essere consapevole che nel bene o nel male è solo tua la responsabilità.

Capire questo punto così delicato ti aiuterà prima di tutto a crescere come persona e maturare, inoltre non proverai mai più sentimenti negativi nei confronti di coloro che vorresti responsabilizzare, e ciò accadrà perché avrai maturato la consapevolezza che sei tu l'unica persona al mondo in grado di cambiare le carte in tavola.

In poche parole, la scelta è solo tua, vuoi diventare la persona che sogni di essere da tempo, responsabilizzandoti e dandoti da fare per raggiungere l'agognata meta, oppure vuoi continuare a perdere tempo, senza costruire nulla e delegando a terzi le tue più importanti decisioni? A te la scelta.

3 – Prendi le tue decisioni

Decisione, ecco una parola che mi piace, la decisione di fare della nostra vita qualcosa di fantastico, oppure attraversarla senza quasi rendersene conto.

Le nostre decisioni determinano il tipo di persona che siamo, col tempo mettiamo giudizio, sempre col tempo acquistiamo la capacità e la razionalità necessarie per capire quale decisione può essere la più azzeccata per il raggiungimento dei nostri obbiettivi.

In questi casi prendi nota rispetto le tue aspirazioni, scegli cosa vuoi raggiungere, una sola cosa, quella che valuti la più importante per te, dopodiché, crea un piano d'azione, maturando le giuste scelte. Così facendo, avendo pianificato in anticipo le tue intenzione non ti troverai impreparato.

Ovviamente gli imprevisti possono capitare, ma la costanza nel percorrere il cammino che ti sei prefissato ti aiuterà a non demordere, avere fiducia in te stesso e andare avanti sempre a testa alta; abbiamo sempre una seconda occasione per migliorare, si chiama domani.

4 – Accetta le conseguenze

Ogni azione porta inequivocabilmente a determinate conseguenze, la nostra sta proprio in questo, ovvero dimostrare a noi stessi che siamo perfettamente in grado di affrontare queste eventi inaspettate e farci carico di quella che sarà la prova per raggiungere poi il frutto dei nostri numerosi sforzi.

Preparati dunque e fai tuo il concetto naturale che ad ogni nostra determinata azione corrisponde una precisa conseguenza. Non avrai sorprese, in linea di massima saprai quindi se ciò che hai fatto porterà note positive oppure negative, non potendo più nasconderti dietro al *"Non sapevo cosa sarebbe accaduto"*.

Facendo completamente tuo anche questo concetto, presterai molta più attenzione nello scegliere il tuo tragitto, le tue scelte non saranno più guidate dall'impulso e dal caso, ma saranno invece frutto di una tua profonda analisi della situazione e di cosa potrebbero portarti in futuro.

La vita è imprevedibile, questo è vero, ci saranno sempre cose che sfuggiranno al nostro controllo, ma ciò non sarà mai una scusa per porre limiti alle nostre scelte, scegliamo quindi di responsabilizzarci, crescere, maturare ed evolvere, diventando **"semplicemente"**, la versione migliore di noi stessi.